Chères lectrices,

C'est tout de même incroyable, vous ne trouvez pas ? Quoi que nous fassions, chaque année, à la même époque, nous retombons (presque !) en enfance ! Même à grand renfort d'arguments du type « Noël, franchement, j'ai passé l'âge… » ou encore « Si je fête Noël cette année, c'est uniquement pour le petit dernier » [illegible]possible de nous leurrer… Le charme op[illegible]i, laquelle d'entre nous n'a [illegible]xcitation enfantine tout [illegible] de Noël, laquelle ne s'es[illegible] en maugréant pour la [illegible] grands magasins pour [illegible]

Pourquoi bou[illegible]ssumons ce rajeunissement passager [illegible] profitons des fêtes de fin d'année comme il se doit, en famille et toutes générations confondues !

Très bonne lecture et rendez-vous l'année prochaine !

La responsable de collection

Un homme, une femme et… un couffin

JESSICA HART

Un homme, une femme et… un couffin

COLLECTION AZUR

Si vous achetez ce livre privé de tout ou partie de sa couverture, nous vous signalons qu'il est en vente irrégulière. Il est considéré comme «invendu» et l'éditeur comme l'auteur n'ont reçu aucun paiement pour ce livre «détérioré».

Cet ouvrage a été publié en langue anglaise
sous le titre :
ASSIGNMENT : BABY

83-85, boulevard Vincent-Auriol, 75013 PARIS — Tél. . 01 42 16 63 63
Service Lectrices — Tél.. 01 45 82 47 47
ISBN 2-280-04960-0 — ISSN 0993-4448

1.

Penchée sur son imprimante, Tess guettait la sortie papier de l'e-mail qui provoquait depuis le matin l'effervescence de toute l'entreprise, une photo de presse accompagnée d'un article au titre évocateur :

Fionnula Jennkins et Gabriel Stearne, un coup de foudre... amical ?

Notre photographe a surpris la plus célèbre rousse de la télévision en compagnie du brillant chef d'entreprise à l'entrée du Jardin d'Epicure, le temple branché de la gastronomie londonienne. Les deux amis se sont rencontrés à New York où la flamboyante Fionnula assistait à un bal de charité parrainé par Contraxa, le géant de la construction que dirige Gabriel Stearne. Tout auréolée de son récent succès aux Victoires de la télévision, Fionnula se refuse à confirmer le rôle qu'elle aurait pu jouer dans l'installation à Londres du P.-D.G. et s'est contentée de nous déclarer : « Nous partageons de merveilleux moments d'amitié. »

La porte du bureau s'ouvrit brutalement et Tess eut juste le temps de froisser la feuille avant de s'en débarrasser dans la corbeille. Lorsque Gabriel apparut, elle était entièrement absorbée à taper une lettre qu'il lui avait dictée un peu plus tôt.

— Je file à la réunion des assureurs, annonça-t-il en boutonnant son pardessus. Ayez terminé ces lettres avant mon retour. Il me faut aussi les dossiers de tous les architectes et une copie de chaque plan sur mon bureau. Et dans leur ordre d'arrivée !

— Oui, monsieur Stearne, répondit Tess d'une voix claire, à peine relevée d'une pointe d'accent écossais.

Gabriel lui jeta un coup d'œil ironique tandis que, stylo en main, elle le regardait au-dessus des lunettes qu'elle portait pour travailler, parfaite image de l'assistante modèle. Après quatre semaines de relations professionnelles, il ne pouvait que se louer de son efficacité exceptionnelle et de sa tenue impeccable. Mais pourquoi avait-elle l'air de le détester cordialement ?

Tant pis pour elle, se dit Gabriel : son but n'était pas de se faire aimer du personnel mais d'aider les filiales européennes de son groupe à prendre le tournant du XXIe siècle. Il se souciait fort peu de ce que la glaciale Tess Gordon pouvait penser de lui.

— Quand vous aurez terminé, envoyez donc un e-mail en interne pour rappeler que le téléphone ou Internet ne doivent pas être utilisés pour des communications privées, poursuivit-il avec rudesse. Un système de surveillance va bientôt être installé, alors autant s'y habituer tout de suite !

Cette initiative allait sûrement être très mal accueillie mais Tess resta impassible et se contenta de noter.

— Y a-t-il eu des messages pour moi ?

— Votre frère a demandé que vous le rappeliez.

En guise de réponse, Gabriel émit un grognement hargneux et Tess se rappela son étonnement lorsqu'elle avait entendu la voix chaleureuse de Greg, le demi-frère de celui-ci. Il s'était courtoisement présenté et elle l'avait trouvé très agréable, un peu charmeur même. Naturellement, elle s'était bien gardée de lui passer Gabriel car son patron ne supportait pas d'être dérangé lorsqu'il s'enfermait dans son bureau.

Gabriel vérifia la présence dans son attaché-case des papiers indispensables à la réunion.

— Rien d'autre ? s'enquit-il.

— Non.

En disant cela, elle avait très légèrement hésité et Gabriel releva la tête. Sous d'épais sourcils noirs, ses yeux gris pâle semblaient plus clairs encore ; Tess se sentait souvent mal à l'aise sous ce regard qui la transperçait impitoyablement.

— Vous êtes sûre ?

— Je me demandais juste à quelle heure vous seriez de retour.

— Vers 18 h 30. Pourquoi ?

Elle avait du mal à maîtriser son anxiété.

— J'aurais souhaité que vous m'accordiez un entretien.

— A quel sujet ?

On pouvait décidément tout reprocher à son patron, sauf de tourner autour du pot, se dit-elle en réprimant un soupir. Il lui fallait absolument demander une augmentation mais elle n'avait pas le courage de le faire tout de go.

— Je préférerais en parler quand vous serez moins pressé.

— Ça ne peut pas attendre demain ?

— Si, mais nous allons être très occupés avec le dossier Emery, lui rappela-t-elle.

Après, ce serait le week-end, ce qui voulait dire deux jours de plus à se faire du souci pour Andrew. Cela la révulsait d'avoir à supplier Gabriel ; cependant, elle se devait au moins d'essayer.

— Si vous pouviez me consacrer cinq minutes à votre retour, je vous en serais très reconnaissante.

Il l'observa. Malgré son air froid et impénétrable, Tess Gordon n'était pas sans attraits : des traits finement dessinés, une peau claire, des sourcils à l'arc harmonieux. Elle aurait même pu être jolie, se dit-il avec indifférence, si elle avait consenti à abandonner son expression revêche.

Brusquement, l'idée qu'elle voulait donner sa démission lui traversa l'esprit et ses mâchoires se crispèrent. Tout, plutôt que d'avoir à chercher une nouvelle assistante en pleine élaboration d'un contrat aux conséquences déterminantes ! Lorsqu'il avait repris SpaceWorks, il s'était félicité d'avoir hérité d'une perle comme Tess, intelligente et discrète. Il lui fallait à tout prix éviter de la perdre même si cela lui coûtait de faire un effort pour réchauffer un peu leurs relations… sans parler du temps gaspillé en sourires et amabilités !

— Bon. Si vous attendez mon retour, je vous verrai dès ce soir…

— Merci.

Comme toujours, le ton de la jeune femme restait froid et compassé. D'ailleurs, Gabriel ne la connaissait que maîtresse d'elle-même et compétente. Même quand il haussait le ton, elle ne perdait jamais son sang-froid.

Au moins, si elle avait commis de temps en temps une petite erreur ! Ou si elle s'était laissée aller à sourire…

Agacé, il referma d'un coup sec son attaché-case.

— Ah ! Réservez-moi une table au Jardin d'Epicure pour ce soir 9 heures.

— Pour deux personnes ? s'enquit-elle en se demandant si au cours de sa vie cet homme avait jamais utilisé une formule de politesse.

— Oui, marmonna-t-il.

Alors que la plupart des employés le flattaient ou tremblaient devant lui, Tess, assise dans son strict tailleur gris, le toisait calmement.

— Ce sera fait, monsieur Stearne.

— A tout à l'heure, dit-il en s'éloignant à grands pas.

Dès qu'il eut tourné les talons, Tess récupéra le fameux article dans sa corbeille et le lissa pour le relire en hochant la tête d'un air incrédule. Gabriel Stearne et Fionnula Jenkins ! Vraiment, qui l'aurait cru ?

Toute la journée, les employés de l'entreprise avaient échangé des e-mails commentant l'article consacré à ce nouveau patron qui était loin de faire l'unanimité. Tess en avait reçu, elle aussi, mais n'y avait pas attaché d'importance jusqu'à ce qu'une secrétaire lui communique en pièce jointe un extrait du journal.

Maintenant, elle scrutait la photo. C'était bien lui, sans erreur possible ! Certaines filles prétendaient le trouver séduisant et essayaient de se faire remarquer mais Tess ne voyait pas bien ce qui pouvait les attirer. Pour elle, c'était un vrai bonnet de nuit…

Pourtant il était dans le journal, l'air toujours aussi sinistre, au bras de Fionnula Jenkins, toute en courbes et paillettes, son célèbre sourire aux lèvres. La clinquante star du show-biz et le bourreau de travail mal embouché ! A coup sûr le couple le plus mal assorti de l'année !

Que pouvait bien lui trouver une célébrité comme Fionnula ? se demandait Tess tandis qu'elle composait le numéro du restaurant. Belle et adulée, Fionnula pouvait choisir l'homme qui lui plaisait. Alors, pourquoi Gabriel ? Elle gagnait suffisamment d'argent pour ne pas être intéressée et n'avait sûrement pas succombé à son charme.

Au fond, c'était peut-être par goût du défi car la réputation de Gabriel l'avait précédé en Angleterre : c'était celle d'un homme austère et sentimentalement imprenable. Peut-être Fionnula était-elle à la recherche du cœur qui battait sous cette cuirasse… « Dans ce cas, bonne chance et tous mes vœux », pensa-t-elle.

Peu avant 18 heures, tout était prêt pour le retour de Gabriel : les lettres, les plans et les rapports étaient rangés en piles bien nettes sur son bureau. Tess avait tout vérifié et tant qu'elle ne commettait pas d'erreur évidente, il ne pouvait rien lui reprocher. Elle éprouvait une sorte de malin plaisir à jouer ainsi au chat et à la souris avec lui et à relever les défis qu'il lui imposait.

De son bureau, elle envoya un bref e-mail à son frère Andrew pour l'avertir qu'un chèque était déjà en route et qu'elle espérait pouvoir lui en transmettre un autre la semaine suivante. Elle réfléchissait aux arguments qu'elle allait employer pour justifier sa demande d'augmentation lorsque le téléphone sonna.

— J'ai une visiteuse pour M. Stearne, annonça la réceptionniste, mais elle refuse de donner son nom et prétend que c'est personnel.

Tess regarda l'heure, étonnée. Elle était certaine que Gabriel n'avait mentionné aucun rendez-vous pour la fin de l'après-midi. Aurait-il le temps de lui accorder l'entretien qu'il lui avait promis avant de partir ?

— Faites-la monter, répondit-elle en réprimant un soupir d'agacement.

Quelle ne fut pas sa surprise de voir arriver dans son bureau une femme imposante d'une soixantaine d'années, poussant gaillardement un landau.

Cherchant à dissimuler son étonnement, Tess se leva en souriant.

— Bonjour. Que puis-je faire pour vous ?

La femme regardait autour d'elle, peut-être impressionnée par le décor luxueux, et s'adressa à Tess sur un ton agressif.

— Je cherche Gabriel Stearne.

— Je regrette, mais il est absent pour le moment. Je suis son assistante, précisa-t-elle. Peut-être puis-je vous aider ?

— Je n'en sais rien.

Des profondeurs du landau, la visiteuse sortit le journal de la veille. Il était plié à la page de l'article concernant Gabriel et Fionnula.

— C'est bien votre Gabriel Stearne ? lança-t-elle.

Tess, qui avait immédiatement reconnu la photo qu'elle avait si attentivement examinée quelques heures plus tôt, confirma l'identité de son patron.

— Il n'est pas du tout comme je me l'imaginais, reprit l'inconnue. Leanne m'a dit que c'était un bel homme, le plus séduisant qu'elle ait jamais rencontré.

Sa moue se fit dédaigneuse.

— Personnellement, je ne peux pas dire que je le trouve terrible ! Et vous ?

— Personnellement, moi non plus, renchérit Tess.

Elle ne se jugeait pas très loyale mais elle avait déjà assez de mal à supporter le caractère infernal de son patron pour ne pas se sentir tenue de s'extasier sur son physique.

— Enfin, peu importe, c'est trop top.

Tess marqua une pause imperceptible :

— « Trop top » ?

— C'est Leanne qui dit toujours ça, Leanne, ma fille, expliqua la femme tandis que Tess restait interloquée. Ils se sont rencontrés pendant une croisière, l'an dernier. Elle était croupier et lui, passager de première classe. Un vrai boute-en-train, d'après elle.

La visiteuse parcourut d'un regard étonné le somptueux bureau.

— Quelque part, je ne l'imaginais pas du tout comme ça. Leanne a toujours dit qu'il était comme un oiseau sur la branche.

Elle n'était pas la seule à être surprise ! Tess, de son côté, avait le plus grand mal à imaginer Gabriel en joyeux pilier de casino. Quant à cette Leanne, elle aurait bien aimé savoir de quoi elle avait l'air…

— Eh bien, je suis désolée, mais il est absent pour le moment. Puis-je lui transmettre un message ?

— Vous pouvez faire encore mieux que ça, ma petite, vous pouvez lui transmettre… son fils.

Tess, abasourdie, ne put que répéter mécaniquement :

— Son fils ?

— C'est ça.

La femme désigna le landau d'un mouvement de la tête.

— Il s'appelle Harry.

Tess n'en croyait pas ses oreilles. Gabriel avait donc un enfant…

— Est-ce que… est-ce qu'il est au courant, je veux dire, pour Harry ?

— Non, répondit la visiteuse d'un ton sec. D'après Leanne, ce n'est pas le genre d'homme qui rêve de fonder une petite famille. Moi, j'aurais voulu qu'elle lui parle quand Harry est né. Rien à faire , elle voulait l'élever toute seule. « Parfait, je lui ai dit, mais as-tu réfléchi à l'aspect financier des choses ? » Elle m'a répondu qu'elle voulait travailler chez elle. Pourtant, lorsqu'on lui a proposé un contrat sur un bateau, pour six semaines seulement et royalement payé, elle n'a pas hésité !

Tess nageait en pleine confusion. Elle ne voyait pas trop où la visiteuse voulait en venir, mais un point lui paraissait absolument clair : ce bébé était sans doute le dernier être vivant que Gabriel souhaiterait trouver dans son bureau à son retour ! Il lui fallait donc parer au plus pressé.

— Ecoutez, madame, il me semble que c'est plutôt à votre fille d'évoquer ce sujet avec M. Stearne.

— Justement Leanne n'est pas là pour discuter de quoi que ce soit et c'est bien le problème. Je lui ai promis de m'occuper de Harry pendant son absence mais il y a quelques jours, j'ai appris que j'avais gagné un voyage en Californie. C'est la première fois que je gagne un concours et j'ai toujours rêvé d'aller en Amérique. Mais l'offre n'est valable que si je pars tout de suite. J'ai bien cru que j'allais devoir y renoncer, jusqu'à ce que je tombe sur cet article, hier soir. Franchement, je ne vois pas pourquoi je gâcherais mes vacances quand le père de Harry peut très bien s'occuper de lui…

— N'y pensez pas ! Il est extrêmement occupé.

— Pourtant, il a bien le temps de faire la bringue avec Fionnula Jenkins, rétorqua la grand-mère du dénommé Harry en brandissant le journal. S'il a des loisirs pour sortir, il en a pour s'occuper de son propre fils ! D'ailleurs, il est à mon avis grand temps qu'il se sente un peu responsable de lui. Pourquoi tout cela retomberait-il entièrement sur le dos de Leanne ? Cet enfant, elle ne l'a pas fait toute seule, quand même ?

— Non, bien évidemment, mais…

— C'est pas comme si je partais pour toujours. Je serai absente deux semaines. Il est mignon et ne causera aucun souci.

Tess se dressa d'un bond en comprenant ce que la femme avait en tête.

— Vous n'allez tout de même pas le laisser ici ?

— Et pourquoi pas ? A ce que m'a dit Leanne, votre Gabriel n'en est pas à un sou près. Je suis sûre qu'il saura se débrouiller.

— Mais vous ne voulez quand même pas l'abandonner ?

La visiteuse la toisa d'un air indigné.

— Je ne l'abandonne pas : je le confie à son père.

Sur ce, elle se pencha sur le landau pour embrasser l'enfant.

— Sois sage, mon trésor. Mamie sera là dans deux petites semaines !

Elle montra à Tess le panier placé sous le landau.

— Vous avez tout ce qu'il lui faut pour deux jours, mais après, il faudra racheter du lait en poudre et des couches.

— Des couches ? répéta Tess qui prenait conscience lentement mais sûrement des difficultés qui l'attendaient. Attendez, vous ne pouvez pas partir comme ça !

Mais la grand-mère était déjà en train d'appeler l'ascenseur.

— Attendez, hurla-t-elle en se précipitant à ses trousses, attendez !

Hélas ses hurlements avaient réveillé le bébé, qui se mit aussitôt à brailler. Tess hésita un instant sur le seuil pensant que la femme allait revenir le chercher. Mais quand elle arriva dans le couloir, elle eut juste le temps de voir les portes se refermer sur la mamie indigne.

Bien inutilement, Tess appuya sur le bouton pour rappeler l'ascenseur qui descendait inexorablement. Tout l'étage semblait désert : les gens sensés quittaient leur travail à 18 h et elle regrettait maintenant de ne pas en avoir fait autant.

De l'autre côté du couloir, les cris redoublaient et elle lâcha le bouton, sûre de ne plus pouvoir rattraper l'inconnue : le temps que l'ascenseur remonte et elle serait déjà loin.

A l'intérieur du bureau, le jeune Harry s'étranglait de rage, le visage convulsé et écarlate. Après l'avoir bercé un moment en vain, Tess se décida à le prendre avec précaution et à le plaquer contre son épaule comme elle l'avait vu faire par Bella, une amie qui était aussi une jeune maman.

— Ne t'inquiète pas, bébé, tout va bien, lui murmura-t-elle d'un ton qui manquait vraiment de conviction.

Une heure plus tôt, tout en rangeant le bureau de Gabriel, elle s'était accordé un bref moment d'autosatisfaction : son patron ne lui facilitait pas la tâche mais elle parvenait toujours à tirer son épingle du jeu. Hélas, son efficacité légendaire ne s'étendait pas à la puériculture, loin de là !

Elle jeta un coup d'œil harassé à la pendule. Encore vingt minutes avant le retour de Gabriel ! Bientôt pourtant, elle entendit un bruit de pas et poussa un soupir de soulagement.

— Dieu merci, vous voilà ! dit-elle en apercevant Gabriel.

En pénétrant dans le bureau, Gabriel s'immobilisa, frappé de stupeur. Il avait quitté une assistante efficace et impeccable ; il retrouvait une femme échevelée tenant dans ses bras un bébé hurleur dont la bave et les larmes avaient maculé son chemisier.

Ses sourcils se froncèrent.

— Qu'est-ce qui se passe ?

Au fond, il n'était pas fâché de prendre l'irréprochable Tess en faute... Cependant, le moment était mal choisi pour savourer cette petite victoire. En effet, comme la réunion avec les assureurs ne s'était pas très bien passée, il allait falloir mettre les bouchées doubles et rédiger un nouveau contrat au plus vite – c'est dire s'il avait besoin que son assistante soit à son entière disposition et non à celle de cet enfant... D'ailleurs, qu'est-ce que ce bébé venait faire dans son bureau ?

Il lui jeta un œil torve.

— A qui est cet enfant ?

Tess ne se sentit pas le courage de prendre des gants.

— Eh bien, justement, c'est le vôtre.

— Quoi ? rugit-il.

Surpris par cette augmentation brutale de décibels, Harry sursauta et se remit immédiatement à hurler.

— Ne criez pas. Regardez ce que vous avez fait. Moi qui venais juste de réussir à l'endormir !

Elle berça doucement le nourrisson dont les sanglots s'apaisèrent.

— Tout doux, murmura-t-elle, le vilain monsieur ne va plus se remettre à crier.

Gabriel avait du mal à se contrôler.

— Pourriez-vous, s'il vous plaît, m'expliquer ce que cet enfant fait ici ?

En essayant de ne pas parler trop fort, Tess lui raconta tant bien que mal toute l'histoire.

— Tout s'est passé si vite… J'étais en train de ranger des papiers sur votre bureau et puis je me suis retrouvée avec ce bébé dans les bras.

— Bon, je résume – dites-moi si je me trompe –, lança Gabriel, hors de lui. Une femme a surgi du néant, elle vous a dit qu'elle partait en vacances, elle vous a remis ce bébé et vous l'avez laissée filer sans même lui demander son nom ?

Naturellement, présenté comme ça, on ne pouvait pas dire que Tess avait fait preuve d'une absolue maîtrise de la situation…

— Mais elle a dit que c'était vous le père, balbutia-t-elle.

— Et vous l'avez crue ?

— Et pourquoi ne l'aurais-je pas crue ? Vous ne vous êtes jamais montré bavard sur votre vie privée… Vous pourriez avoir une bonne douzaine de fils !

— En tout cas, concernant ma vie privée, voici quelques informations dont je vous prie de prendre note : je n'ai pas de fils, je n'ai jamais participé à une croisière et je n'ai jamais séduit aucun croupier femelle !

Tess glissa un regard inquiet vers le bébé qui s'assoupissait de nouveau dans ses bras :

— Tout cela ne nous dit pas ce qu'il faut faire.

— Comment ça « ce qu'il faut faire » ? rétorqua-t-il en haussant les sourcils. Toute cette histoire ne me regarde pas car cet enfant n'est pas le mien !

— Le mien non plus, s'offusqua Tess.

— Peu m'importe ! s'écria-t-il en ignorant les étincelles de colère qui brillaient dans les yeux bruns de la jeune femme. C'est vous qui en avez pris la responsabilité ! Vous n'avez qu'à l'assumer !

La brutalité de ses propos la laissa un instant sans voix

— Ça, c'est trop fort, reprit-elle.

Mais avant même qu'elle ait pu commencer à exprimer ses doléances, le téléphone l'interrompit.

— Peut-être pourriez-vous répondre ? lança Gabriel. Ce doit être quelqu'un qui a besoin de faire garder un chien pendant ses vacances ! Proposez-lui de nous l'amener et n'oubliez pas de lui dire que nous passerons arroser ses fleurs !

Tess le foudroya du regard :

— Cela vous a sans doute échappé, mais je n'ai que deux mains. Suis-je censée décrocher avec les dents ?

— C'est bon. Je vais le faire, répondit Gabriel de mauvaise grâce. Allô ! Ah... C'est toi, Greg ? Oui, j'ai bien reçu ton message. Non, tu ne peux rien faire pour moi en ce moment... A moins que... Une certaine Leanne, croupier sur un bateau, ça te dit quelque chose ? Aurais-tu par hasard une idée du lieu où elle se trouve ?

La réponse de Greg n'était certes pas celle qu'espérait Gabriel car son visage se rembrunit et il lança à Tess un bref regard en dessous avant de poursuivre :

— Je te rappelle dans deux minutes. C'était mon frère, précisa-t-il inutilement.

Il semblait avoir perdu un peu de sa superbe.

— Votre frère ? Mais qu'a-t-il à voir avec Harry ?

— C'est justement ce que je cherche à éclaircir, se contenta-t-il de dire avant de filer prestement en direction de son bureau.

Tess comprit qu'il y avait anguille sous roche.

— Que suis-je censée faire ?

— Eh bien... si vous pouviez vous occuper du bébé ?

— Merci du cadeau, lança-t-elle en direction de la porte qui venait de se refermer brutalement.

Elle fit passer Harry sur son autre bras : elle le trouvait étonnamment lourd et elle grimaça en remuant son épaule ankylosée. Il reniflait doucement contre sa poitrine comme s'il avait envie de pleurer mais qu'il se sentait trop épuisé pour fournir un tel effort. Tandis qu'elle arpentait la pièce en tapotant le dos du bébé comme elle avait vu son amie Bella le faire, elle jeta un coup d'œil à la pendule. C'était bien joli de lui dire de prendre soin de Harry mais elle n'allait sûrement pas le promener ainsi toute la soirée !

La porte s'ouvrit et Gabriel fit son entrée en manches de chemise, l'air encore plus sinistre.

— Quoi de neuf ? s'enquit-elle.

Il desserra sa cravate, avant de lui répondre :

— Greg est bien parti en croisière aux Caraïbes, l'année dernière ; il y a croisé une certaine Leanne avec qui il a eu une courte liaison. Naturellement, il a oublié son nom de famille et nous ne pourrons pas retrouver sa mère par ce biais. Cela ne prouve pas que Greg soit le père de Harry même si ça explique au moins pourquoi votre visiteuse a jeté son dévolu sur moi.

— Pourtant, elle a très clairement évoqué « Gabriel » Stearne. Greg et Gabriel ne sont pas deux prénoms faciles à confondre.

— Greg utilise parfois mon prénom, lui avoua-t-il, le regard fuyant. C'est un moyen pour lui d'obtenir de meilleures tables dans les restaurants ou de trouver une place quand l'avion est complet. Pendant cette croisière, il avait réservé à mon nom, et quand il a rencontré Leanne, il s'est dit qu'il était trop tard pour rétablir sa véritable identité. Selon Greg, ce « détail » n'avait pas d'importance : Leanne ne risquait pas de consulter les pages économiques du journal où ma photo figure de temps à autre !

— Si je comprends bien, Leanne ne doit pas être la seule à penser qu'elle a eu une histoire avec vous… Qui sait s'il n'y a pas, de par le vaste monde, une cohorte de filles qui prennent Gabriel Stearne pour un irrésistible séducteur !

Il lui jeta un regard suspicieux car, même si le visage de Tess était resté impassible, il avait cru distinguer une pointe de sarcasme dans sa voix.

— Pour le moment, restons-en à Leanne, voulez-vous ? Elle est sûre que Greg est le père de Harry ?

— Oui. Et Greg lui-même, qu'en pense-t-il ?

Gabriel se frictionna un moment la nuque avant de répondre :

— A vrai dire, je ne lui ai pas parlé de Harry.

— Mais pourquoi ?

— Tout simplement parce que, en ce moment, pour la première fois de sa vie, Greg fait ce qu'il a à faire : il se trouve avec ma mère en Floride où son père — mon beau-père, précisa-t-il— est en train de subir une opération à cœur ouvert. Ma mère est incapable d'affronter seule une telle situation et je préfère qu'il reste là-bas pour la soutenir plutôt que de le voir débarquer ici. De toute façon, il ne connaît rien aux bébés…

— Alors que nous, au contraire…

Gabriel ignora cette interruption.

— Il ne pouvait vraiment rien nous arriver de pire ce soir. Nous avons encore à vérifier tous les chiffres du dossier en cours et je dois revoir un chapitre entier de notre projet. Je n'ai pas le temps de courir tout Londres à la recherche de la grand-mère anonyme qui s'est débarrassée ici de cet enfant.

— Pourquoi n'appelez-vous pas la police ?

— Je ne peux pas prendre le risque de voir cette histoire s'étaler dans les journaux ! Même si Greg n'est pas le père, ma mère ne se remettrait pas d'un scandale pareil : elle adore Greg et elle a assez à faire en ce moment avec la maladie de Ray.

Le bras de Tess était tout endolori et elle se décida à reposer Harry dans son landau. Elle s'étonnait de découvrir en son patron un fils modèle, soucieux d'épargner à sa mère la moindre contrariété.

De son côté, Gabriel continuait à faire les cent pas dans la pièce, plongé dans ses pensées.

— Je vais engager des détectives privés pour mettre la main sur la mère de ce bébé, décida-t-il. Il ne doit pas y avoir une foule de croupiers répondant au prénom de Leanne. Rappelez-moi de m'occuper de cette histoire dès demain matin.

— En admettant qu'ils la retrouvent, encore lui faut-il le temps de revenir ici. Qui va s'occuper de Harry jusque-là ?

— Les nurses ne sont pas faites pour les chiens. Contactez dès maintenant une agence d'intérim. Dites-leur que nous cherchons quelqu'un pour une semaine. Avec un peu de chance, nous aurons retrouvé sa mère d'ici là.

Il poussait la porte de son bureau lorsque la voix de Tess l'arrêta :

— Il est presque 19 h. Toutes les agences sont fermées et je ne pourrai en joindre aucune avant demain matin.

Gabriel se tourna vers elle, les mâchoires crispées. Tout ceci, il le savait bien, ne relevait pas de la responsabilité de Tess, mais il avait à se concentrer sur des affaires plus importantes.

— Que me conseillez-vous, dans ce cas ? lança-t-il.

Tess lui sourit candidement.

— Peut-être pourriez-vous vous occuper vous-même de Harry ?

— Moi ?

— Oui, vous ! insista-t-elle. D'une certaine façon, vous êtes responsable de lui ; à mon avis, avec un peu de bon sens, vous devriez vous en sortir !

Gabriel la foudroya du regard. Un peu de bon sens ? Elle ne semblait pas si sereine quand elle tenait Harry dans ses bras !

— Je crains pourtant d'avoir besoin de votre aide, si vous voulez bien me l'accorder.

— Désolée, rétorqua-t-elle, j'ai d'autres projets pour ce soir.

— Un rendez-vous ?

Il lui jeta un coup d'œil étonné. Jamais il ne lui était venu à l'esprit qu'elle pouvait avoir une vie en dehors du bureau.

— Parfaitement.

En réalité, elle avait simplement promis à des amis de passer chez eux dans la soirée mais elle s'autorisa ce petit mensonge.

— Vous pourriez peut-être vous décommander ?

Tout en posant cette question, Gabriel maudit silencieusement son frère. Lui qui avait horreur de demander une faveur à quiconque, il lui fallait supplier Tess ! Enfin, s'il fallait en passer par là… Tout plutôt que de se retrouver seul avec cet enfant.

— Ecoutez, je sais que c'est beaucoup vous demander, mais je ne pourrai pas m'en sortir : je n'ai jamais fréquenté un seul bébé de ma vie !

Ce cri de désespoir faillit attendrir Tess, mais elle se rappela comme il avait été prompt à la rendre responsable de toute l'affaire.

— Vous trouverez bien des amis pour vous aider !

— Vous oubliez que je vis à Londres depuis un mois et que je n'y connais personne.

— Pourtant, il m'a semblé entendre dire que vous étiez au mieux avec Fionnula Jenkins.

— Pas au point de lui demander de consacrer une nuit entière à un bébé inconnu.

— C'est pourtant bien ce que vous êtes en train d'exiger de moi !

— Ça n'a rien à voir : il se trouve que vous êtes mon employée !

— Peut-être, mais il y a une grosse différence entre une assistante de direction et une nounou !

— Vous saurez certainement en venir à bout et m'aider à prendre soin de ce bébé cette nuit.

Tess releva le menton. Pas question de se laisser traiter de la sorte !

— Je regrette, dit-elle fermement, mais…

— Naturellement, vous serez payée en heures supplémentaires et le double du tarif habituel.

La manœuvre était habile et Tess se sentit faiblir : elle s'était torturée en vain pour trouver un moyen de tirer Andrew de ses difficultés et voilà que Gabriel lui offrait cette somme sur un plateau sans qu'elle ait besoin de lui demander d'augmentation.

— Je ne m'y connais pas plus en bébés que vous !

— En tout cas, vous ne pouvez pas vous y connaître moins que moi ! Allez, Tess, vous ne voudriez pas me laisser tomber, tout de même ?

Quand Tess comprit la manière dont il l'avait manipulée, elle eut un dernier sursaut de rébellion avant de croiser par hasard les yeux de Harry.

Comment ne pas fondre devant ce regard bleu ? Instinctivement, elle se pencha sur le landau en murmurant :

— Ne t'en fais pas, bébé. Il ne sera pas dit qu'on t'abandonnera deux fois dans la même journée !

2.

Tess soupira.

— C'est bon, j'accepte de vous aider. Mais attention ! pas question de tout prendre en charge. Il faudra que vous participiez.

Le menton levé, elle défiait Gabriel de ses yeux brun clair.

— Je m'y engage, affirma-t-il.

Il se sentait prêt aux pires concessions pour éviter de se retrouver en tête à tête avec Harry.

— Nous allons l'emmener chez moi, enchaîna-t-il vivement. Auparavant, je vais vous accompagner à votre domicile pour que vous preniez ce dont vous avez besoin pour la nuit.

Tess se dit qu'il allait un peu vite en besogne.

— Il vaudrait mieux d'abord s'informer sur la marche à suivre avec un enfant de cet âge. J'ai une amie qui a un bébé. Si vous m'autorisez à passer un coup de fil personnel..., suggéra-t-elle en le regardant innocemment.

— Je vous en prie, Tess... Allez-y.

Ce détail semblait maintenant à Gabriel le dernier de ses soucis. Un frisson d'horreur lui parcourut l'échine lorsque Tess lui déposa le bébé dans les bras. Elle savait que le numéro de Bella était enregistré sur la mémoire de son téléphone mais jugeait plus avisé de faire mine de le chercher dans son répertoire de poche pour éviter de se trahir.

Gabriel l'avait suivie pas à pas jusqu'à son bureau, sans doute pour pouvoir lui remettre plus rapidement Harry, en cas de nécessité. Il le tenait exagérément serré, le couvant d'un regard inquiet. Tess constata avec plaisir qu'il ne s'en tirait pas mieux qu'elle et que toute expression de supériorité avait quitté son visage. En bras de chemise, la cravate de travers, il lui parut soudain plus jeune et plus accessible...

« Ne nous faisons pas d'illusions », se dit-elle, philosophe.

Elle ne devait pas oublier qu'elle n'avait jamais rencontré quelqu'un de moins abordable que Gabriel Stearne. C'était un être froid, sans scrupule et incapable du moindre contact humain avec ceux qui travaillaient pour lui.

Manque de chance, la ligne de Bella se révéla occupée.

Tout en appuyant sur la touche bis, elle surveillait Gabriel qui berçait nerveusement le bébé. Harry n'avait pas encore décidé s'il aimait ça ou non et sa figure se plissait dangereusement. Tess retint sa respiration dans l'attente d'un hurlement. Mais le petit visage potelé s'éclaira soudain d'un sourire si irrésistible qu'il laissa Gabriel désemparé. Et quel ne fut pas l'étonnement de Tess lorsqu'elle le surprit à sourire à Harry en retour. Ses yeux gris avaient pris un éclat chaleureux, ses lèvres détendues paraissaient plus pleines et laissaient entrevoir des dents très blanches.

Elle mit un moment à comprendre qu'il y avait quelqu'un au bout du fil et à s'arracher à la contemplation du visage de Gabriel.

— Bella, c'est Tess...

— Dis donc, ça fait un moment que tu n'avais pas donné de tes nouvelles ! Tu bosses toujours pour le grand méchant loup ?

— Exactement, répondit Tess en baissant le ton car elle avait déjà remarqué que la voix de son amie résonnait particulièrement fort au téléphone. Il est d'ailleurs juste à côté de moi.

Après avoir exposé tant bien que mal la situation, elle eut le courage de glisser un œil en direction de Gabriel. Hélas, son regard sarcastique ne lui laissa aucun doute : il avait tout entendu !

— Ecoute, Bella, explique-nous seulement ce qu'il faut faire. La grand-mère a dit qu'il y avait tout ce qu'il fallait dans le panier sous le landau, mais en ce qui me concerne, je pourrais aussi bien soulever le capot de ma voiture.

Gabriel rapprocha le landau pour permettre à Tess de décrire avec la plus grande précision les différents trésors qu'il recelait. Au bout du fil, Bella réfléchit un moment.

— Quel âge a cet enfant ?

Tess répercuta la question en direction de Gabriel qui répondit d'un ton rogue :

— Comment voulez-vous que je le sache ?

Le « grand méchant loup » lui restait en travers de la gorge et pourtant, en ce moment même, il sentait ses yeux irrésistiblement attirés par les formes de Tess tandis qu'elle se penchait au-dessus du bureau.

— Vous lui dites que c'est un bébé, un petit bébé, expliqua-t-il en espérant que Tess n'avait pas remarqué ce coup d'œil.

— Votre frère a-t-il précisé à quelle date cette croisière avait eu lieu ?

— Au mois d'août dernier.

Gabriel se livra à un rapide calcul.

— Harry devrait donc avoir à peu près cinq mois maintenant.

— Dans les cinq mois, Bella, répéta docilement Tess.

— Oui, et où comptez-vous lui faire passer la nuit ? s'enquit son amie, piquée par la curiosité.

— Dans l'appartement de M. Stearne, sans doute.

— Oh, Oh !

Tess eut l'impression de voir la large bouche de Bella se rétrécir en un cercle minuscule sous l'effet de la surprise.

— Tu veux dire que vous allez passer la nuit là-bas… tous les deux ?

Tess avait négligé de mentionner cet aspect de leur projet mais il était indéniable que la perspective d'une telle intimité suscitait en elle un léger malaise.

Malgré elle, ses yeux se tournèrent vers Gabriel qui n'avait rien perdu de cet échange téléphonique. Son expression lui sembla pleine de dédain : un homme qui sortait avec Fionnula Jenkins n'aurait aucun mal à garder son calme une nuit entière auprès de Tess Gordon !

Elle prit alors soudain conscience de l'état dans lequel l'avaient mise les débordements de Harry, depuis son chemisier taché de bave jusqu'à son catogan dont s'échappait des mèches folles. Tournant délibérément le dos à Gabriel, elle s'adressa en chuchotant à Bella :

— Ne sois pas stupide ! Il s'agit simplement de veiller sur ce bébé jusqu'à ce que nous lui trouvions une nourrice. Explique-moi plutôt comment il faut s'y prendre.

Elle réussit à extorquer à Bella l'essentiel concernant la stérilisation des biberons, le dosage du lait en poudre, le bain, le rot et autres manœuvres d'endormissement. Quand celle-ci eut terminé, Tess relut ses notes et s'aperçut qu'un point essentiel n'avait pas été abordé :

— Et pour les couches, comment ça se passe ? finit-elle par demander d'une voix hésitante.

Bella ne put s'empêcher de pouffer.

— Dans ce domaine, c'est l'odorat qui entre en jeu !

Précautionneusement, Gabriel fit remonter le corps de Harry à hauteur de son nez qui se fronça immédiatement. Tess n'eut aucun mal à interpréter cette mimique.

— Je crois que nous sommes déjà entrés dans le vif du sujet, annonça-t-elle. Que devons-nous faire ?

— Quand je pense que tu as atteint l'âge de trente ans sans jamais changer une couche ! Si tu t'étais intéressée un peu plus à ta filleule, tu connaîtrais la marche à suivre ! Dis donc, lorsque tu dis « nous », tu veux parler de M. Je-sais-tout ? Tout cela m'a l'air bien intime !

Sans même le regarder, Tess sut que Gabriel n'en avait pas perdu une miette.

—S'il te plaît, Bella, pourrions-nous en rester au problème du changement de couche ?

— D'accord, mais je compte sur toi pour m'appeler demain matin et me raconter tout, tout, tout !

Tandis qu'elle notait les instructions de Bella, Tess se dit que les minutes suivantes ne seraient sans doute ni les plus faciles ni les plus agréables de sa vie.

— Bonne chance, conclut son amie d'une voix volontairement claironnante. Surtout, profite de cette nuit pour dire à ton patron qu'il a l'air d'une vraie bête de sexe ! C'est bien ce que tu m'as toujours affirmé, pas vrai ?

Tess reposa l'appareil en toute hâte, avec des envies de meurtre. Le rouge aux joues, elle fit mine de se concentrer sur ses notes.

— Qu'est-ce qu'elle a dit exactement ? demanda Gabriel en haussant le ton.

Cette question tira Harry de sa somnolence, lequel se mit à geindre. Gabriel ravala alors une remarque acerbe : il avait absolument besoin de l'aide de Tess ce soir.

— Essayons ensemble de changer cette couche, même si ça n'a rien d'une partie de plaisir, suggéra-t-il, conciliant.

Tess comprit qu'elle avait intérêt à se radoucir : la présence de Harry semblait avoir sur eux un effet dangereusement libérateur et elle ne tenait pas à perdre son travail pour un mot de trop. Ces heures supplémentaires seraient bienvenues mais l'essentiel était de conserver un salaire régulier. Elle savait qu'il était difficile de trouver un poste financièrement équivalent dans une autre entreprise — en effet, dès que Gabriel avait pris les commandes de SpaceWorks, elle s'était attelée à la tâche, sans succès. Or, en ce moment, elle avait vraiment besoin de cet argent. Tenir tête à Gabriel était une chose, mais il n'était pas raisonnable de le provoquer gratuitement.

Portant toujours Harry à bout de bras, Gabriel l'introduisit dans la rutilante salle d'eau qui jouxtait son bureau privé. Non sans quelques tergiversations, ils décidèrent de coucher le bébé sur le plateau de marbre, tout près du lavabo, après y avoir étalé un épais drap de bain.

Tess respira un bon coup et s'attaqua au premier bouton de la grenouillère tandis que Harry poussait des hurlements particulièrement aigus tout en se tortillant avec une force étonnante. L'opération prit quelque temps mais grâce à la coordination de leurs efforts respectifs, elle fut finalement un succès. A l'instant décisif de l'ouverture de la couche, les yeux de Gabriel croisèrent ceux de Tess et bien que le moment ne fût pas très bien choisi, il ne put s'empêcher de remarquer les paillettes dorées qui illuminaient ses prunelles en général dissimulées derrière des lunettes lorsqu'elle travaillait. Ce fugitif échange de regards emplit Gabriel d'une douce euphorie. Toutefois, il fut vite rappelé à la réalité par les effluves caractéristiques qui montaient vers lui.

Il était arrivé à Tess de voir des mères changer leurs bébés dans des installations de fortune et leur habileté lui avait toujours semblé relever du miracle. Ensemble, Gabriel et elle avaient dû relire les instructions de Bella tout en exécutant de multiples aller-retour au landau pour en extraire les lingettes, crèmes et couches requises !

Tess serait morte plutôt que de le reconnaître, mais en définitive, elle se sentait heureuse de la présence de Gabriel à son côté : il tenait Harry d'une main ferme et douce, une main qu'elle trouvait rassurante. Cela ne l'empêcha pourtant pas de tressaillir lorsqu'il effleura son bras. Elle fut soulagée de mettre fin à une proximité avec lui plus longue qu'elle ne l'aurait souhaitée.

Désormais propre et reboutonné, Harry avait l'air d'un autre homme. Ses hurlements s'étaient tus et il était parfaitement calme lorsqu'elle le souleva pour l'installer confortablement contre son épaule. Au fond, sans avoir encore une habileté de professionnelle, elle ne s'en sortait pas si mal.

— Dieu merci, c'est terminé, souffla Gabriel tout en tenant à distance — et du bout des doigts — la couche usagée.

Tess sentit passer entre eux un courant de sympathie. Dans l'atmosphère électrique flottait une ébauche de complicité qui aurait pu se matérialiser à la moindre occasion. Mais elle revint immédiatement à la réalité : ce n'était pas parce que Gabriel et elle avaient changé une couche ensemble qu'ils avaient quoi que ce soit d'autre en commun. D'ailleurs, cette éphémère connivence ne survécut pas à la descente au parking souterrain qui se révéla pleine d'embûches. Tess voulut recoucher Harry dans son landau, ce qui fut difficile car il était récalcitrant à quitter ses bras. Avec l'aide de Gabriel, elle y parvint enfin et ils purent quitter le bureau. Mais une fois qu'ils eurent embarqué dans l'ascenseur, Gabriel se rappela qu'il devait emporter des documents pour pouvoir travailler chez lui dans la soirée. Ils durent donc remonter.

Toutefois, chacun avait réussi à garder son sang-froid lorsqu'ils atteignirent la voiture. Il fallait maintenant replier le landau, ce qui, à en juger par l'expression circonspecte de Gabriel tandis qu'il examinait boutons et manettes, semblait relever du tour de force.

— Ça ne doit pas être si difficile, dit Tess, encourageante. Toutes les mères ne sont pas forcément ingénieurs diplômés !

— Ou c'est qu'elles n'ont pas de mouche de coche pour les déconcentrer !

— Inutile de vous énerver parce que vous êtes incapable d'y arriver, répliqua-t-elle.

Si, c'était sa faute ! songea Gabriel. Tout comme elle était responsable de cette soirée qui tournait au cauchemar.

Après avoir été forcé de mendier son assistance, il avait dû changer une couche pour la première fois de sa vie et maintenant, il était en train de se ridiculiser devant ce fichu landau. Il aurait bien aimé dire ses quatre vérités à Tess mais il se contenta de lui lancer un regard vengeur avant de se retourner vers l'objet de son énervement. Il secoua sauvagement une malheureuse manette qu'il avait déjà tenté de manœuvrer en vain. Contre toute attente, elle céda enfin et le landau se replia d'un seul coup avec un grincement de reproche.

Une fois sur la route, ils se retrouvèrent immédiatement plongés dans les embouteillages habituels de début de soirée. Gabriel tambourinait nerveusement sur le volant, troublé par Tess sur la banquette arrière.

Il aurait préféré ne pas avoir remarqué ses jolis yeux bruns, ni ses longues jambes, il aurait préféré ne pas avoir senti la douceur de sa peau sous ses doigts…

« Tu perds complètement les pédales, se dit-il, tu ferais mieux de te concentrer sur la journée qui t'attend demain ! »

Reprendre SpaceWorks s'était révélé difficile et la signature du contrat Emery, prévue pour le lendemain, était absolument décisive. C'est là que la partie se jouait, pour l'entreprise, mais aussi pour lui. Il n'était pas question de se laisser distraire par ce satané bébé et encore moins parce que Tess Gordon avait décidé de retirer ses lunettes !

Harry s'était enfin endormi lorsqu'ils arrivèrent devant chez Tess. Elle rassembla rapidement le minimum nécessaire, appréhendant le long trajet qu'il leur restait à accomplir car l'appartement de Gabriel se trouvait à l'autre bout de la ville, dans d'anciens entrepôts récemment rénovés. Elle avait bien pensé à lui proposer de passer la nuit chez elle mais redoutait toute intrusion dans son intimité.

C'est sous une pluie battante qu'ils rejoignirent le domicile de Gabriel. Son salon, décoré de verre et d'acier, lui sembla le comble de la froideur, sans rien de confortable ni d'intime. Au milieu de ce chic glacial, seul le landau jaune de Harry apportait une note de gaieté bienvenue. Elle se félicitait de ne pas avoir proposé à Gabriel de rester chez elle. S'il se plaisait dans un tel lieu, il aurait sûrement détesté son appartement.

— C'est très… moderne, dit-elle.

— Autrement dit, ça ne vous plaît pas ! commenta Gabriel qui avait senti comme une critique dans sa voix.

— Mais si. Je trouve seulement que ça manque un peu de caractère.

— Je n'ai pas besoin de caractère ! J'ai besoin que ce soit pratique. Cet appartement est bien conçu, parfaitement équipé jusque dans les moindres détails, idéal pour les gens très occupés qui n'ont pas de temps à perdre dans les boutiques de décoration.

Il voulut tirer les tentures sur les larges baies qui occupaient la plus grande partie des murs : effectivement, la nuit, quand il pleuvait en rafales comme ce soir-là, cette étendue de vitres ruisselantes n'était pas très accueillante.

— J'ai emménagé il y a deux jours seulement. Avant, je vivais à l'hôtel. Ici, c'est quand même mieux : tout fonctionne parfaitement, le service est très efficace, et je suis chez moi.

— Tout n'a pas l'air de marcher si bien que ça, constata-t-elle en voyant ses efforts désespérés pour manœuvrer les rideaux. Laissez-moi essayer.

Elle eut vite fait de repérer la commande électrique et les voilages glissèrent comme par enchantement. Un peu vexé, Gabriel ne fut pas mécontent d'entendre de faibles bruits s'élever du landau. Harry était en train de se réveiller.

Tess sortit de son sac les instructions de Bella.

— Je crains qu'il nous faille le nourrir sans tarder. Mais nous avons de quoi lui préparer son lait, poursuivit-elle d'un ton plein d'assurance.

Gabriel la suivit dans la cuisine.

— Vous êtes sûre que vous allez vous en sortir ?

— Si vous pensez être plus efficace que moi, surtout, n'hésitez pas, dit-elle en lui tendant ses notes. Vous pourriez me trouver une casserole ?

— Je vais essayer, répondit-il, très digne.

Il n'avait jamais encore exploré la cuisine de son appartement mais finit par découvrir l'ustensile adéquat.

— Allez donc jeter un œil sur Harry, dit-elle. Ça n'a pas l'air évident de préparer son biberon, et avec vous dans mes jambes, je n'arrive pas à me concentrer.

A voir les grimaces du bébé, Gabriel se dit que tout n'allait pas pour le mieux au fond du landau. La crise était proche et lorsque le premier cri retentit, il ne put s'empêcher de lancer un appel désespéré en direction de Tess tout occupée à mesurer consciencieusement la poudre.

— Le lait est prêt ?

— Pas encore ! Il faut le réchauffer.

Les cris déchirants s'intensifièrent.

— Pourquoi ne le prenez-vous pas dans vos bras ?

Gabriel s'exécuta sans obtenir d'amélioration notable.

— Vous en mettez du temps pour préparer un malheureux biberon !

Tess sentit la moutarde lui monter au nez.

— Je fais ce que je peux. Si vous permettez, je dois vérifier la température.

Conformément aux instructions, elle fit glisser quelques gouttes de lait sur le dos de sa main. C'était parfait. Rassurée, elle chercha du regard un siège approprié, éliminant les chaises disposées autour de la table de cuisine et dont l'inconfort était évident. Elle finit par s'installer au bord d'un des immenses canapés ivoire qui occupaient le salon.

— Nous allons procéder à un essai, déclara-t-elle en direction de Gabriel.

Celui-ci déposa Harry sur les genoux de la jeune femme avec précaution, sans toutefois pouvoir éviter que leurs doigts se frôlent. Préoccupée par la position du biberon, Tess parut ne rien avoir remarqué. Heureusement Harry en savait plus qu'elle sur cette délicate technique et rien n'aurait pu l'empêcher de téter goulûment.

Tout en observant le niveau du lait qui baissait rapidement, ils goûtèrent quelques instants de détente.

— Je ne me rendais vraiment pas compte que c'était aussi compliqué de s'occuper d'un bébé, reconnut Tess.

— Moi non plus, approuva Gabriel avec force.

Il avait quitté sa veste et, tout en desserrant sa cravate, il étalait des documents sur la lourde table basse du coin salon.

— A tout prendre, je crois que je contrôle mieux mon stress au bureau, dit-il.

— Pourtant, je dois dire qu'à SpaceWorks on vous considère en général comme assez tendu.

Elle se pencha sur le bébé qui émettait de petits bruits apaisés.

— Que voulez-vous dire ?

— Il n'est pas évident de travailler en permanence sous pression pour un patron qui ne s'arrête jamais, demande l'impossible et exige que les ordres qu'il va donner aient déjà été exécutés.

Gabriel releva la tête, furieux, mais Tess ne le vit pas. Elle était candidement penchée sur Harry et ses cheveux châtains accrochant la lumière étaient de la même nuance de brun que les paillettes dorées qui illuminaient son regard. Gabriel remarqua alors la ligne pure de son profil dont la douceur était tempérée par la courbe volontaire de son menton. Il se força à détourner les yeux et reprit, agressif :

— Ça n'a pas l'air de trop vous gêner !

— Je fais avec, ça ne veut pas dire que ça me plaise.

Toujours debout près de la table, il lui jeta un coup d'œil circonspect avant de se pencher pour examiner quelques papiers.

— Eh bien, je crois que nous avons du pain sur la planche, ce soir ! Pendant que je rédige l'introduction de ce dossier, vous pourriez vérifier les chiffres. La compétition est rude pour ce contrat et il faut absolument que tout soit parfaitement réglé.

— Vous me demandez de faire des vérifications ce soir ?

— Je vous paie en heures supplémentaires, non ?

— Mais c'était pour vous aider avec Harry !

— Puisque vous êtes ici, pourquoi perdre votre temps ? D'ailleurs, il n'y a ni livres ni télévision, seulement vous, moi et une pile de dossiers. Que pourrions-nous faire d'autre ?

Ecœurée par le mépris sous-jacent de cette dernière remarque, Tess sentit son sang bouillir.

— Effectivement, c'est aussi mon avis.

— D'autant plus que votre emploi est dans la balance.

— C'est une menace ?

— Non, une réalité ! Ce contrat est vital pour notre entreprise. Si nous échouons, c'est SpaceWorks qui est perdu et votre travail avec… Contraxa domine le marché dans cette branche et ne peut se permettre d'être associé à un perdant, sinon, c'est la fin !

Tess savait qu'il disait vrai, pourtant, elle avait du mal à accepter que l'entreprise à laquelle elle avait consacré dix années de sa vie ne soit plus qu'une filiale, à la merci d'un groupe plus important.

— Je suis pour une prise de risques raisonnable, continua Gabriel. SpaceWorks offre un potentiel intéressant. Si nous gagnons sur ce coup, cela lui fournira le point d'appui qui lui manque encore pour se développer en Europe. La mondialisation est un fait. Ceux qui ne savent pas s'adapter disparaissent ! C'est pour cela que je dois prendre des engagements.

Tess eut une pensée pour Andrew à qui il restait encore une année d'études à accomplir.

« On ne choisit pas toujours ses engagements », se dit-elle en songeant à sa propre situation.

— Dans la vie comme dans l'entreprise, il faut prendre ses responsabilités, poursuivit-il doctement.

— C'est vrai, répondit-elle en agitant le biberon vide, et vous pourriez commencer en vous occupant de votre neveu un petit moment.

3.

— C'est le moment de lui faire faire son rot, annonça Tess, souriante, en tendant Harry à Gabriel.

Elle préféra ignorer l'expression de panique qui avait envahi le regard de son patron et poursuivit :

— J'ai déjà vu faire le mari de Bella et il s'en sort très bien ! Il suffit de tenir le bébé bien droit et de marcher en lui tapotant le dos jusqu'à ce qu'il produise le bruit caractéristique. Vous y êtes ? Calez-le bien contre votre épaule, dit-elle en effleurant le cou de Gabriel par inadvertance. C'est parfait ! Les petites tapes maintenant...

— Comme ça ? s'enquit Gabriel.

— Oui, très bien. Je crois qu'en même temps, Roger arpente la pièce en chantant mais peut-être n'est-ce pas indispensable !

Tandis que Gabriel déambulait dans le salon, Tess l'observait sournoisement tout en faisant mine d'extraire le stérilisateur du landau, convaincue que plus d'un de ses collègues aurait volontiers payé pour assister à ce spectacle !

— Je commence à prendre la main, lui lança Gabriel, triomphant, juste avant que Harry ne se laisse aller à régurgiter sur sa veste.

Comme Tess ne cherchait pas à dissimuler un sourire vengeur, Gabriel se renfrogna :

— J'aimerais vous voir à ma place !

— Excusez-moi, mais j'avais oublié de vous dire que dans ces circonstances Roger se protège toujours l'épaule d'une serviette.

— Merci de me prévenir maintenant...

Tess s'approcha, un mouchoir à la main, et commença à réparer les dégâts. Elle n'avait pas plus tôt terminé que Harry se décida à recracher une gorgée de lait supplémentaire sur la cravate de Gabriel. Tess se retint de pouffer et se remit à l'ouvrage.

Gabriel, quant à lui, avait l'impression de perdre tous ses moyens : le contact de la main de Tess à travers le tissu soyeux lui semblait brûlant et le parfum frais qui se dégageait de sa chevelure l'ensorcelait.

De son côté, Tess avait cessé de sourire au moment où sa main touchait le torse de Gabriel. Sentant les muscles puissants tendus sous la fine batiste et la chaleur de son souffle qui devenait un peu court, elle recula d'un pas, troublée :

— Je... Je crois qu'il nous reste encore quelque chose à faire, annonça-t-elle.

Une fois dans la cuisine, elle s'empara de ses notes d'une main tremblante. Elle devait immédiatement se reprendre. Pourquoi Gabriel Stearne lui faisait-il soudain pareil effet ? Cet homme n'avait jamais rien eu de séduisant et les circonstances rendaient ce genre d'émoi parfaitement ridicule.

— J'ai peur que nous n'ayons brûlé une étape : il est question d'un bain qu'il aurait fallu donner avant le biberon.

Un regard de Gabriel suffit à persuader Tess qu'un bain n'était sans doute pas indispensable à Harry ce soir. Les multiples épreuves vaillamment surmontées, du changement de couche à l'obtention du rot, constituaient une victoire suffisante.

— Nous allons installer le landau dans ce coin, déclara Gabriel en montrant à Tess un lit gigantesque qui n'était séparé du séjour que par une rangée de placards aussi étincelants de verre et de chromes qu'une limousine.

— Et vous, où allez-vous dormir ? s'enquit-elle avec une certaine inquiétude dans la voix.

— Pour ce soir, rassurez-vous : je me contenterai du canapé et vous aurez le lit pour vous toute seule, répliqua-t-il sèchement en lui tendant Harry.

Tess se mordit la lèvre. Elle trouvait déplaisant que Gabriel s'emporte ainsi alors qu'elle avait seulement voulu se montrer polie !

— Qu'est-ce que vous cherchez ? demanda-t-elle en le voyant ouvrir une penderie.

— Des draps propres, mais je n'en vois nulle part. Je suppose que le service de l'immeuble se charge de les changer régulièrement.

— Ce n'est pas grave, répondit-elle, néanmoins troublée à l'idée de passer la nuit dans les draps de Gabriel.

— Je suis désolé ! Je n'en trouve décidément pas. Mais je n'ai dormi dans ce lit qu'une seule nuit.

« Où a-t-il bien pu passer l'autre ? s'interrogea Tess malgré elle. Il m'a dit qu'il était là depuis deux jours ! Il a sûrement couché chez Fionnula Jenkins… Et pas sur le canapé ! »

— Je m'en accommoderai très bien, dit-elle tout en berçant d'un air détaché Harry qui n'avait pas l'air d'apprécier l'esthétique moderne de sa nouvelle chambre et se manifestait bruyamment.

Au bout de quelques minutes, pourtant, le bébé sembla se calmer et Tess le déposa dans son landau. Mais dès qu'elle fit mine de s'éloigner, ses cris reprirent de plus belle et elle n'eut d'autre choix que d'appeler Gabriel à la rescousse. Une demi-heure plus tard, ils se demandaient s'ils n'allaient pas devoir passer la nuit entière penchés sur le landau lorsque Harry se tut soudain, terrassé par la fatigue. Retenant leur respiration, ils observèrent un moment son petit visage apaisé puis s'éloignèrent sur la pointe des pieds avant de s'effondrer sur le divan.

— Je me demande comment font les parents pour accomplir cet exploit soir après soir, chuchota Gabriel. Si par hasard je m'étais mis en tête d'avoir des enfants, cette petite expérience m'aura servi de leçon !

Tess ôta ses escarpins et se massa discrètement les pieds en rêvant au moment béni où elle pourrait enfin enlever ses collants. Sans y penser, elle retira sa barrette et secoua sa chevelure comme elle avait l'habitude de le faire chaque soir en rentrant chez elle.

— Ouf ! Quoi qu'il m'arrive, ça m'étonnerait que je me reconvertisse un jour en nurse !

— Je suis heureux de vous l'entendre dire, répondit assez rudement Gabriel en levant les yeux vers elle.

Lovée sur le divan, les cheveux répandus sur les épaules, elle se massait tranquillement les pieds. Il la trouva délicieusement sexy.

Tess, sexy?

— Que diriez-vous d'un verre ? lui proposa-t-il en espérant qu'elle ne remarquerait pas son trouble.

La jeune femme lui décocha un regard reconnaissant et acquiesça vivement de la tête. Le spectacle qu'elle offrait, tout en courbes délicates, longues jambes, et chevelure luxuriante, avait vraiment pris Gabriel au dépourvu. Pendant quelques instants, il lui fut impossible de croire qu'il se trouvait en face de son assistante, toujours si froide et compassée.

Il avait recouvré ses esprits lorsqu'il revint vers elle, cinq minutes plus tard, avec un plateau chargé d'une bouteille et de deux verres.

— Comme je n'avais rien à manger ici, j'ai commandé une pizza, annonça-t-il en s'asseyant sur le canapé.

— Une pizza ?

— Oui. Vous n'aimez pas ça ?

— Si mais je suis étonnée... Je pensais que vous dîniez toujours dans des restaurants chic du style d'Epicure.

Elle s'interrompit car Gabriel avait sursauté, comme piqué par une guêpe.

— Qu'est-ce que j'ai dit ?

— Je viens de me rappeler que justement, j'avais rendez-vous là-bas ce soir, pour dîner !

— Je croyais que vous aviez annulé.

Tess avait profité de son bref passage chez elle pour prévenir ses amis et elle pensait que Gabriel aurait averti Fionnula de son portable pendant qu'il l'attendait dans la voiture.

— J'avais autre chose en tête, répondit-il en se levant brusquement. Je vais appeler Fionnula.

Tandis qu'il se dirigeait vers la cuisine, Tess s'installa plus confortablement sur le divan pour déguster son verre tout en écoutant distraitement le murmure qui lui parvenait de l'autre pièce. Présenter des excuses n'était pas le fort de Gabriel et Fionnula avait l'air de lui donner du fil à retordre. La belle rousse n'avait sûrement pas l'habitude qu'on lui pose des lapins !

« Elle a intérêt à s'y faire tout de suite si elle veut rester avec ce bourreau de travail, se dit Tess, philosophe. Ce n'est certainement pas lui qui fera le moindre effort. »

En tout cas, lorsqu'il revint de la cuisine, Gabriel paraissait extrêmement contrarié. Fionnula avait été furieuse d'apprendre qu'il avait préféré passer la soirée avec un nourrisson plutôt qu'avec elle et s'était montrée excédée lorsqu'il lui avait déclaré qu'il se sentait responsable de Harry en l'absence de son frère. Et pendant leur courte conversation téléphonique, elle n'avait pas cherché à dissimuler sa colère, bien au contraire :

— Vous vous rendez compte que tout le monde va penser qu'il s'agit de votre fils ? avait lancé Fionnula d'un ton accusateur.

— Personne n'en saura rien et je ne vois pas qui cela pourrait intéresser, avait rétorqué Gabriel sans la moindre trace de contrition dans la voix.

— C'est facile à dire quand on n'est pas sous le feu des projecteurs, avait repris la star du petit écran. Je suppose que vous n'avez même pas pensé à la réputation qu'on va me faire si on apprend que vous avez un enfant caché !

Gabriel aurait eu du mal à soutenir le contraire mais cela ne l'avait pas empêché de prendre la mouche et leur entretien s'était terminé très froidement.

— On pourrait peut-être travailler un peu en attendant la pizza, dit-il à Tess d'un ton rogue, en reprenant sa place sur le divan.

Tout en se réjouissant secrètement de partager avec Fionnula le privilège de l'avoir mis de mauvaise humeur ce soir-là, Tess se rapprocha de la table où étaient étalés bon nombre de documents et s'empara d'une liasse afin de l'étudier. Installés chacun à un bout du canapé, ils travaillèrent quelque temps en silence. Tess vérifiait les chiffres méthodiquement, comparant chaque feuillet à l'original. De temps à autre, elle ôtait ses lunettes et s'arrêtait pour siroter une gorgée de vin tout en repoussant machinalement une mèche derrière son oreille mais elle avait de plus en plus conscience de la présence de Gabriel, assis tout près d'elle.

Il avait roulé les manches de sa chemise, dévoilant ses avant-bras musclés, et semblait très concentré. Tess remarqua quelques cheveux blancs sur ses tempes et des rides expressives au coin de ses yeux. Tout en réfléchissant, il se passait lentement un doigt sur les lèvres. Elle se souvint alors comme son visage s'était éclairé lorsqu'il avait souri à Harry et se surprit à songer à ce qu'elle ressentirait s'il lui souriait à elle…

Comme elle changeait de position, il émergea de sa réflexion :

— Ça avance ?

— Oui, j'ai revu tous les chiffres de l'année dernière.

Le regard qu'il lui jeta se voulait indifférent mais en réalité, il se demandait si elle devinait combien il était troublé de la sentir assise juste à côté de lui. Elle avait enlevé sa veste et portait un petit haut crème à manches courtes et un simple collier de perles, exactement le genre de tenue dont elle avait l'habitude. Et il n'arrivait pas à comprendre pourquoi, en cet instant, elle lui paraissait si différente…

Il essaya vainement de se concentrer sur son rapport mais l'atmosphère lui semblait électrique et il fut soulagé d'entendre arriver le livreur, ce qui lui permit de repousser ses dossiers et de se lever.

Pendant que Gabriel remplissait de nouveau les verres, Tess découpa la pizza sur un coin de la table basse. Elle avait si faim qu'elle ne songeait plus à l'étrangeté de la situation : cela lui semblait tout naturel d'être assise sur ce divan, mangeant de bon appétit au côté de son patron.

Lorsqu'ils eurent terminé, Gabriel prépara des cafés qu'il servit accompagnés d'une boîte de chocolats trouvée dans l'appartement à son arrivée.

— Ce doit être le cadeau de bienvenue des propriétaires. Vous aimez ça ?

— Il m'arrive d'en manger, répondit-elle avec détachement tout en coulant un regard discret mais intéressé vers la boîte enrubannée.

Car le chocolat était pour elle une véritable drogue !

— Servez-vous, je vous en prie.

Tess souleva le couvercle en se gardant d'avoir l'air trop avide, puis examina attentivement la première couche avant de s'emparer d'un geste délicat de la friandise qu'elle avait sélectionnée.

— Ce sont mes préférés, confessa-t-elle, la bouche pleine.

Gabriel haussa un sourcil.

— Prenez-en un autre, je vous en prie ! Vous pouvez même prendre toute la boîte si ça vous fait plaisir…

Pour une fois, Tess ne comprit pas l'ironie de Gabriel, trop occupée qu'elle était à cette dégustation bien méritée.

— Vous en avez laissé un, remarqua Gabriel un peu plus tard en agitant la boîte pour révéler la présence du rescapé qui se morfondait au cœur de l'emballage. Il ne vous convient pas ?

Tess enleva ses lunettes et s'étira tout en secouant son épaisse chevelure.

— Oh, c'est juste qu'il est au nougat et que je n'aime pas ça, déclara-t-elle.

— Moi non plus, tant pis…

— Je suis désolée, rétorqua-t-elle, un peu sur la défensive. Mais comme vous m'aviez dit que je pouvais manger toute la boîte…

— Je ne pensais pas que vous me prendriez au mot !

— Alors, il ne fallait pas le dire !

— Vous avez absolument raison, concéda-t-il en la regardant par en-dessous.

— Pourriez-vous m'expliquer pourquoi vous m'observez comme ça ?

— Eh bien, je vous trouve un peu… surprenante.

Cela pouvait difficilement passer pour une déclaration, cependant Tess se sentit touchée. Moins par les mots prononcés par Gabriel que par l'atmosphère inhabituelle et le trouble certain qui l'avait envahie.

Elle avait l'impression de s'aventurer sur une terre inconnue.

— Je ne suis pas la seule au monde à aimer le chocolat, déclara-t-elle en s'humectant les lèvres.

— Non, mais je ne m'attendais pas à ce que ce soit à ce point. D'habitude, vous êtes si stricte, si contrôlée !

Elle releva le menton.

— Je suis comme ça au bureau !

— Et à l'extérieur ?

Le ton de Gabriel semblait encore empreint de moquerie et quand Tess croisa son regard elle se sentit paralysée par un inexplicable accès de timidité. Il y avait quelque chose dans ses yeux qui lui faisait prendre conscience de son corps de femme, du goût de chocolat sur sa langue, de son cœur qui battait la chamade.

Et de sa présence à lui.

De la blancheur de ses dents. De la fossette sur sa joue.

Elle baissa vivement les yeux. Que lui arrivait-il ?

— A l'extérieur, je suis comme au bureau. La seule différence, c'est que je mange un peu plus de chocolat.

Elle aurait voulu parler sur un ton détaché mais brutalement le souffle lui manqua et quand elle porta son café à ses lèvres, la tasse tremblait si fort dans la soucoupe qu'elle dut les reposer sur la table.

— Si nous nous remettions au travail ? murmura-t-elle en chaussant maladroitement ses lunettes.

Protégée par ses verres, elle se sentait davantage maîtresse d'elle-même. Pas du tout le genre de fille à fondre au premier sourire que Gabriel lui adresserait.

Et sûrement pas le genre de fille à se demander comment elle pourrait lui faire comprendre que son efficacité redoutable n'était qu'une façade derrière laquelle elle dissimulait sa nature sensible et passionnée.

Avec ses lunettes, elle pouvait au moins cacher à Gabriel cet aspect d'elle-même.

Mais se concentrer lui paraissait de plus en plus difficile. Il régnait un silence tendu et elle sentait la présence de Gabriel envahir l'espace, consciente de chaque page qu'il tournait, de chaque mouvement de ses jambes sur le canapé.

« Sûrement la fatigue ! » se dit-elle, sans réussir à se convaincre.

De toute façon, elle était arrivée au bout de ses vérifications. Après avoir posé le dernier feuillet sur la table, elle se redressa sur le canapé en s'étirant, les mains sur la nuque.

Gabriel regarda sa montre ; il était presque minuit.

— Allez, il est temps de se coucher, suggéra-t-il.

— Et le contrat ?

— On terminera demain.

— Mais…

— Arrêtez de discuter ! reprit Gabriel avec une brusquerie qui masquait un fort sentiment de culpabilité.

Il avait remarqué que, depuis le début de la soirée, leur court repas mis à part, Tess avait travaillé comme une forcenée.

— Sinon, vous dormirez debout demain matin et je ne pourrai rien tirer de vous.

Il la prit par le bras pour l'aider à se lever et la conduisit jusqu'au lit. Elle était trop fatiguée pour chercher à se dégager. Pendant que Gabriel sortait ses affaires d'un tiroir, elle se pencha sur le landau : Harry dormait comme une marmotte.

— Ça va aller ? lui demanda-t-il.

— Oh, il dort du sommeil du juste et je vais l'imiter.

— Eh bien, bonsoir.

Gabriel n'avait pas l'air très sûr de lui, comme s'il hésitait à lui dire quelque chose. Sans doute une instruction de plus, songea-t-elle.

Après avoir prestement enfilé sa nuisette, Tess se glissa sous la couette et ferma les yeux. La pièce était sombre et tranquille mais le sommeil ne venait pas. Malgré la fatigue accumulée, elle sentait ses nerfs à fleur de peau... Sans doute parce qu'elle se trouvait dans le lit de Gabriel, dont elle n'arrivait pas à oublier le corps robuste si près du sien sur le canapé et le sourire inattendu pendant qu'il tenait Harry.

Pas plus qu'elle n'arrivait à oublier sa main tiède et virile sur son bras.

Ce soir, malgré son goût pour la lingerie de soie, sa nuisette lui semblait trop chaude, comme si elle éveillait sur son corps des sensations inhabituelles, comme si, au contact du drap, elle lui transmettait encore quelque chose de la chaleur de Gabriel. Et elle eut même l'impression fugitive de sa présence à côté d'elle.

Evidemment, tout cela ne l'aidait pas à se détendre.

Tout en pétrissant l'oreiller tout neuf pour lui donner enfin une forme confortable, elle se trouvait absolument ridicule : cet homme lui avait toujours été parfaitement indifférent ; il était grossier, égoïste et mal éduqué. Elle n'allait pas rater une nuit de sommeil pour un patron mal embouché ! Au pire, si elle devait se passer de dormir, mieux valait calculer combien lui rapporterait cette soirée.

Mais quelque part au milieu de ses calculs, vaincue soudain par la fatigue, elle s'endormit.

*
* *

Un cri perçant… Un cri de bébé…

Un lit inconnu… L'appartement de Gabriel…

Tess reprit lentement ses esprits et chercha la lumière à tâtons. Lorsqu'elle atteignit enfin le landau, elle crut se rappeler que Bella avait fourni quelques indications concernant d'éventuels réveils nocturnes… Elle essaya en vain de bercer Harry : le petit visage écarlate semblait exprimer toute la douleur humaine et les hurlements redoublèrent.

Une lampe s'alluma du côté du canapé et Gabriel fit bientôt son apparition près d'elle, se frottant machinalement les yeux. Il avait l'air totalement hagard mais sa seule présence suffit à réveiller complètement Tess. Tout en évitant de laisser son regard errer sur ses bras robustes et ses jambes nues, elle prit Harry tout contre sa poitrine en le caressant et en lui parlant doucement comme elle l'avait vu faire à Bella. Il se calma un peu mais continua à gémir.

— Je peux vous aider ? demanda Gabriel.

Le ton n'était pas très engageant mais sans doute avait-il du mal à se dégager des brumes du sommeil…

— Etes-vous capable de lui préparer un biberon d'eau ? Il a peut-être soif, tout simplement.

Gabriel acquiesça et prit le chemin de la cuisine. Le spectacle de Tess dans sa petite chemise de soie, les cheveux lâchés, avait provoqué en lui une certaine émotion et il n'était pas fâché de s'éloigner quelques instants pour reprendre ses esprits.

Il y était parvenu lorsqu'il revint en brandissant le biberon. Harry continuait à pleurer mais après avoir avalé quelques gorgées, il se rendormit sur les genoux de Tess qui le reposa tout doucement dans son landau.

La lampe de chevet baignait la scène d'une douce lumière ; le regard de Tess croisa celui de Gabriel et une fois de plus elle sentit à quel point, devant lui, elle était peu maîtresse de ses réactions. Elle croisa les doigts :

— Il va peut-être se rendormir pour de bon, maintenant !

Mais bien sûr, quelques minutes après ce premier réveil, il y en eut un autre ; puis un autre et puis, encore un autre, et ainsi de suite…

Ils préparèrent un biberon de lait.

Ils arpentèrent l'appartement en tenant Harry dans leurs bras chacun leur tour.

Ils lui chantèrent une demi-douzaine de chansons.

Ils changèrent sa couche.

Mais rien n'y fit. Chaque fois qu'ils le recouchaient et que, recrus de fatigue, ils sombraient dans le sommeil, les cris de Harry recommençaient.

A la troisième interruption, ils avaient décidé qu'ils dormiraient chacun leur tour pendant que l'autre s'occuperait du bébé. Curieusement, cela ne leur faisait plus aucun effet de se rencontrer en tenue légère. Ils avaient seulement l'impression d'avoir été sélectionnés ensemble pour participer à une expérience sur le seuil de tolérance des êtres humains à la torture...

Peu avant l'aube, Tess fit surface un instant au moment où Gabriel replaçait précautionneusement le bébé endormi dans le landau. Du fond de son demi-sommeil, elle eut pitié de lui :

— Vous pourriez aussi bien vous allonger sur le lit. Vous serez plus près quand il vous faudra vous relever... C'est sûrement... plus chaud... plus... confortable...

Gabriel n'en crut pas ses oreilles mais il n'eut pas l'occasion de se le faire répéter car Tess s'était déjà rendormie. Il était en train de regagner le canapé lorsque le souvenir de ses courbatures le fit changer d'avis. Après avoir récupéré son duvet, il se glissa sur le lit, à côté de Tess. Malgré son épuisement, il se sentait dangereusement conscient du corps de la jeune femme assoupie, si proche du sien. Mais il décida fièrement de l'ignorer, lui tourna le dos et pria le ciel de lui accorder enfin le sommeil.

Quelques heures plus tard, Gabriel émergeait en douceur sans comprendre encore que le tiède corps féminin niché contre le sien n'était pas seulement l'illusion d'un rêve. Un bras gracile posé sur son torse se relevait et s'abaissait au rythme de son souffle et il sentit couler entre ses doigts une chevelure soyeuse à l'odeur presque familière.

Il laissa échapper un gémissement de bien-être et attira plus près de lui cette mystérieuse inconnue qui se lova instinctivement contre lui. Incapable de résister, il posa les lèvres sur sa gorge tout en caressant ses cheveux. Le sommeil l'avait maintenant complètement quitté et, sans ouvrir les yeux, il s'abandonna sans plus de résistance au corps de la jeune femme encore endormie, à sa chaleur et à son mystérieux parfum.

Elle passa les bras autour de son cou en murmurant de confuses paroles de plaisir et ce geste fit naître sur les lèvres de Gabriel un tendre sourire. Ouvrant les yeux, il plongea son regard dans le sien...

Et se redressa d'un seul coup.

4.

Encore tout engourdie de sommeil, perdue dans les brumes de ses rêves, Tess souriait aux anges. Elle ouvrit à demi les yeux, regrettant de ne plus sentir sur ses lèvres le baiser si passionné qui l'avait réveillée et aperçut au-dessus du sien un visage masculin dont les traits exprimaient la plus profonde stupéfaction…

De son côté, Gabriel aurait pu indiquer à la seconde près le moment où Tess avait repris contact avec la réalité et compris où elle se trouvait, ce qu'elle était en train de faire, et avec qui…

Pendant une fraction de seconde, ils restèrent à se regarder, comme paralysés, avant de s'écarter simultanément vers les deux bords opposés du lit.

Tess sentit le cœur lui manquer : que faisait-elle là, en train d'embrasser Gabriel ?

Mais d'abord, l'avait-elle à proprement parler « embrassé » ? Si elle pouvait se fier à son cerveau embrumé, elle avait l'impression que c'était plutôt Gabriel l'initiateur de ces ébats. En tout cas, il valait mieux faire délibérément comme s'il ne s'était rien passé.

Leurs corps s'étaient touchés par hasard…

Leurs lèvres s'étaient effleurées par hasard…

Elle avait dû rêver et rêvait sans doute encore.

« Je ne vais pas tarder à me réveiller, songea-t-elle en se massant le crâne. Tout ça ne peut être réel. »

Pourtant, son corps frémissait comme si elle sentait encore la caresse de lèvres inconnues sur les siennes.

« Mon Dieu, que c'était bon, quand même ! » se surprit-elle à penser.

— Je suis vraiment désolé, murmura Gabriel en s'asseyant au bord du lit. Je ne sais pas ce qui m'a pris…

Tess souleva la tête.

— Moi non plus. J'étais en train de rêver et juste après…

Elle essaya de se rappeler précisément jusqu'où ils étaient allés.

— Oui. Nous étions à moitié endormis tous les deux. Naturellement, je ne pensais pas du tout que c'était vous !

Pourquoi naturellement ? s'indigna Tess en son for intérieur. Parce qu'elle n'était pas Fionnula ?

— J'avais oublié que c'est vous qui me l'aviez proposé, continua-t-il.

— Et que vous ai-je donc proposé ? s'enquit-elle, fort inquiète, en remontant la couette sur sa poitrine.

— Eh bien, je crois que cette nuit vous m'avez invité à m'allonger sur ce lit. D'ailleurs, sur le moment, ce n'était pas une mauvaise idée !

— Et quand aurais-je pris une telle initiative ?

— Ce matin vers 5 heures… Ne vous en faites pas, ça n'avait rien de flatteur pour moi, compte tenu des circonstances, mais, à cette heure-là, vous m'avez donné le choix entre le canapé et vous ; et voilà, c'est vous que j'ai choisie !

Il essayait de paraître très naturel, comme si c'était un usage ancestral entre patron et secrétaire. Néanmoins, il évitait soigneusement de regarder Tess, ses épaules nues qui émergeaient du duvet et la partie de sa gorge sur laquelle il se souvenait, avec beaucoup de précision, avoir posé les lèvres.

— Bien sûr, c'est un peu embarrassant pour nous deux mais cela ne tire pas à conséquence, remarqua-t-il froidement.

Tess ne se sentit pas vraiment soulagée.

— Vous avez tout à fait raison, acquiesça-t-elle.

C'était facile à dire, mais il lui semblait impossible de chasser comme par magie ce baiser de sa mémoire, surtout quand elle conservait encore sur la peau le souvenir de cette sensation troublante.

— Quelle heure est-il ? demanda-t-elle pour revenir à une réalité plus concrète.

C'était une bonne question, songea Gabriel. Il avait réglé son réveil sur 6 heures mais la lumière qui filtrait déjà à travers les volets lui sembla trop vive pour cette heure matinale. Bondissant pour attraper sa montre restée sur la table basse près du canapé, il y jeta un coup d'œil. 9 h 30, catastrophe... Il aurait déjà dû être au bureau depuis une heure !

Aussi affolée que lui, Tess émergea du lit pour se précipiter dans la salle de bains. Lorsqu'elle en sortit, il rangeait ses papiers dans son attaché-case tout en essayant de nouer sa cravate.

— Pas le temps de déjeuner, déclara-t-il en la regardant attacher son collier.

Elle portait le même tailleur que la veille, mais avec un haut différent. Il s'émerveilla secrètement qu'elle ait, en quelques minutes, retrouvé son allure impeccable d'assistante modèle. Personne n'aurait pu deviner qu'elle avait passé la plus grande partie de la nuit debout à cajoler un bébé hurleur. En chemise de nuit de soie...

— Vous êtes prête ? lui demanda-t-il sèchement.

— Oui. Et Harry ? Il dort toujours ?

— On va l'emmener avec nous. Pas question que vous attendiez qu'il se réveille. J'ai besoin de vous au bureau.

Une demi-heure plus tard, ils poussaient la porte d'entrée de SpaceWorks. Les yeux de la réceptionniste faillirent lui sortir de la tête lorsqu'elle vit débarquer dans le hall le landau, suivi de près par Gabriel et Tess. Sans soupçonner les mimiques expressives qui s'échangeaient derrière son dos, Gabriel indiquait à Tess les dispositions à prendre pour rattraper le temps perdu.

— Trouvez une agence et demandez-leur de nous envoyer immédiatement une nurse, dit-il à Tess dans l'ascenseur. S'ils n'ont personne de disponible, adressez-vous à une de nos stagiaires. D'autre part, assurez-vous que toutes les données que nous avons vérifiées hier soir ont bien été enregistrées dans l'ordinateur. Pour ma part, je m'occuperai des problèmes juridiques que pose ce contrat.

Malheureusement, l'agence de placement leur annonça qu'elle ne pouvait envoyer aucune nurse avant midi. Quand ils essayèrent de le confier à une stagiaire, Harry se mit à pousser de tels hurlements qu'ils préférèrent le garder avec eux.

S'il n'y avait pas eu le landau, rangé dans un coin du bureau, Gabriel aurait presque pu croire que tous les événements qui s'étaient produits depuis la veille au soir n'avaient été qu'un rêve. Fugitivement, il se remémora la douceur de la peau de Tess et la masse soyeuse de ses cheveux sous ses doigts.

Mais tout cela était déjà bien loin.

En fin de matinée, ayant goûté un sommeil réparateur, bien nécessaire après toutes ses émotions de la nuit précédente, Harry se trouvait bien réveillé et en pleine forme. Il refusa énergiquement de demeurer dans le landau et s'installa définitivement sur les genoux de Tess où il se plaisait beaucoup. Il s'était pris d'amitié pour la souris dont il essayait de s'emparer dès que la jeune femme tournait la tête, ce qui ne facilitait pas la tâche de celle-ci.

Gabriel, qui venait d'entrer dans le bureau de son assistante et auquel ces difficultés n'avaient pas échappé, proposa de lui lire à haute voix les données à contrôler, mais Harry profita d'un instant d'inattention de Tess pour renverser un gobelet plein de stylos qu'elle avait imprudemment laissé à portée de sa main.

Agacé, Gabriel décida de prendre le bébé à son tour et, comme il se penchait au-dessus de Tess, le parfum doux et frais des cheveux de la jeune femme envahit ses narines. Il se releva trop vite, pressé d'échapper à ce souvenir : il avait assez à faire aujourd'hui sans se laisser distraire par des rappels intempestifs de la nuit précédente. D'ailleurs, il était évident que Tess était accaparée par son travail. Egale à elle-même dans son tailleur gris, les cheveux impeccablement coiffés, elle faisait voler ses doigts habiles sur le clavier, n'accordant probablement pas la moindre pensée à leurs errements nocturnes.

Cela aurait dû le soulager, mais curieusement, il se sentait plutôt contrarié, presque jaloux de ne pas pouvoir faire preuve d'autant de détachement...

Tandis que Tess le regardait d'un air interrogateur derrière ses lunettes, attendant la prochaine série de chiffres, Gabriel tapota le dos de Harry pour se donner une contenance.

— Vous pouvez relire le dernier total ? lui demanda-t-il.

— Quatre-vingt-dix-sept mille.

— C'est ça... Je reprends...

Bien sûr, se dit-il, si Tess voulait faire comme si de rien n'était, libre à elle ; ce n'était pas lui qui ferait la moindre allusion à ce qui s'était passé.

Lorsqu'ils eurent enfin achevé leur saisie informatique, Harry, dont la tête dodelinait depuis un moment, accepta d'être recouché sans protestations excessives dans son landau.

Ce n'était pas trop tôt, se dit Gabriel, excédé par la lenteur avec laquelle ils avançaient. Il leur restait encore à revoir une bonne partie du contrat, sans parler des annexes ! Il fallait profiter du répit que leur accordait Harry pour abattre un maximum de travail ! Il allait s'y employer sans perdre une seconde.

— Dites donc, Tess !

Tout en finissant de border Harry dans son landau, elle leva la tête.

— Vous me considérez vraiment comme le « grand méchant loup » ?

Comment ces mots avaient-ils pu lui échapper, lui qui voulait justement passer en revue les tâches qui les attendaient ? Maintenant, il allait passer pour le genre de patron qui se préoccupe de ce que les employés pensent de lui !

Tess fit mine de remettre en place la couverture.

— Oh, c'était seulement Bella qui cherchait à être drôle au téléphone, répondit-elle, surprise que Gabriel se souvienne de cette expression.

— Elle n'aurait pas employé ces mots si vous ne l'aviez pas fait vous-même auparavant.

— C'est plutôt courant de se plaindre de son patron.

— Vous en aviez aussi contre Steve Robinson ?

Steve était le fondateur de la firme, le directeur que Gabriel avait remplacé. Il avait créé SpaceWorks dans une chambre de bonne et en avait fait une entreprise modeste mais solide, assez remarquable pour attirer l'attention du grand Gabriel Stearne. Certes, face au géant américain Contraxa, c'était un fétu de paille et Gabriel, qui s'y intéressait depuis plusieurs mois, n'en avait fait qu'une bouchée, profitant d'une crise financière opportune pour l'annexer à son empire.

Cette rapidité de vautour fondant sur sa proie avait laissé toute l'équipe désemparée, et Tess la première, qui avait dû se plier aux ordres de celui qui avait évincé Steve. Nul ne s'attendait à ce que Gabriel en personne prenne les rênes de SpaceWorks, nul ne souhaitait qu'il réussisse là où Steve avait échoué. Beaucoup auraient aimé partir, surtout après la restructuration drastique qu'avait menée ce nouveau patron mais, pas plus que Tess, les autres membres du personnel n'avaient trouvé ailleurs d'emploi convenable. Le seul mérite reconnu à Gabriel était d'avoir augmenté les salaires de ceux qui restaient.

— Vous ne répondez pas à ma question ?

Tess releva le menton. Puisqu'il voulait la vérité, il l'aurait.

— Ça ne m'arrivait pas très souvent de me plaindre de Steve. D'ailleurs, tout le monde l'aimait. C'était un homme adorable !

— Adorable, peut-être, mais pas très efficace, reprit Gabriel en regrettant intérieurement d'avoir abordé ce sujet. S'il était resté, SpaceWorks aurait déposé son bilan dans l'année et, de toute façon, un nouveau directeur aurait été nommé.

— Je sais que Steve n'était pas un homme d'argent, rétorqua-t-elle, mais dans les autres domaines, il était parfaitement compétent. Il s'y entendait pour motiver les gens, lui. Il connaissait tout le monde et si quelqu'un réussissait dans son poste, il savait le féliciter et le remercier, qu'il soit coursier ou ingénieur !

— J'estime qu'il est tout à fait normal que les gens fassent correctement ce pour quoi ils sont payés et je ne vois pas pourquoi j'aurais en plus à leur dire merci ! protesta Gabriel.

— Ça ne vous coûterait pas grand-chose de vous intéresser un peu à eux et ils n'en seraient que plus efficaces.

— Eh bien, je m'intéresse à vous, par exemple, et, depuis hier, j'ai l'impression de mieux vous connaître, répliqua-t-il, ravi de pouvoir glisser une allusion perfide à l'épisode de la nuit précédente.

Tess rougit, furieuse de l'entendre évoquer leur baiser. Puis elle reprit :

— Ce qui est clair, c'est que toute l'équipe s'est comportée très loyalement vis-à-vis de l'entreprise. Nous travaillons tous à sa réussite et c'est l'essentiel. Mais si vous continuez à vous comporter comme vous le faites, ce sera vous le perdant ! Vous auriez eu beaucoup à apprendre de Steve, surtout dans le domaine relationnel…

A ces mots, Gabriel la foudroya du regard sans réussir à lui faire baisser les yeux.

— Je ne savais pas que vous étiez consultante en ressources humaines, en plus de votre travail d'assistante, lança-t-il.

— C'est vous qui m'avez demandé mon avis.

Elle aurait dû savoir pourtant que Gabriel se moquait bien d'être détesté de toute l'entreprise !

Tout comme elle se moquait bien, elle, de s'être réveillée ce matin entre ses bras…

— Vous pourriez peut-être vous remettre au travail, enchaîna-t-il avec la plus parfaite mauvaise foi. Je crois que vous avez des corrections à terminer avant d'entamer la version définitive de notre nouveau contrat. Je suis dans mon bureau et surtout, qu'on ne me dérange pas !

Il claqua la porte, laissant Tess en proie à une rage impuissante.

— Je vois que notre cher patron a retrouvé sa bonne humeur habituelle, susurra une voix douce à l'oreille de Tess tandis qu'elle revenait à son clavier.

Surprise, elle se retourna vers l'intrus et reconnut Niles, l'assistant de marketing, un incorrigible flirt doublé d'un animateur très actif de radio-couloir. Peu de gens le prenaient au sérieux mais tout le monde l'aimait bien.

— Je peux faire quelque chose pour toi, Niles ?

— Cesse de me piétiner le cœur et consens enfin à devenir ma femme !

— Et à part ça ? poursuivit Tess que ces déclarations laissaient depuis longtemps de glace.

— Je viens aux nouvelles... Il semble que Stearne et toi vous soyez arrivés ensemble ce matin et en poussant ce landau ! chuchota-t-il en se penchant sur l'objet de toutes les curiosités. Ma parole ! Il y a un vrai bébé ! Je rêve...

— Niles, tu es prié de ne pas te fier aux apparences et d'éviter de réveiller cet enfant. C'est toute une histoire mais pas du tout celle que tu imagines !

— Tu couches avec Stearne ?

— Absolument pas, répondit-elle en rougissant. Ecoute, je suis particulièrement occupée. Est-ce que je peux t'être utile ?

— Je venais simplement en tant que membre du comité d'entreprise. Cette année, on voudrait faire quelque chose d'original dans le domaine caritatif et on a pensé à organiser une soirée en faveur des enfants hospitalisés. Mais le problème, c'est de réussir à attirer du monde pour récolter un maximum d'argent, expliqua-t-il en s'asseyant familièrement sur le bord du bureau de Tess.

— C'est un défi à ta mesure, Niles. Comment vois-tu les choses ?

— Eh bien, chaque employé pourrait proposer de réaliser une sorte d'exploit, quelque chose d'un peu loufoque. Janet, par exemple, s'est engagée à laver une voiture vêtue d'un petit Bikini. Si chacun d'entre nous inscrit une proposition sur un ticket numéroté, nous pourrons ensuite organiser une vente aux enchères au cours de la soirée, pour vendre les tickets le plus cher possible.

— Effectivement, si Janet se met en maillot, les prix risquent de monter ! reconnut Tess.

— Sûrement, mais je suis persuadé que si tu en faisais autant, on récolterait une assez jolie somme !

— Pas question de me mettre en maillot au mois de novembre !

— Même pour la bonne cause ? insista Niles en souriant benoîtement.

— Non. Je vais chercher une autre idée…

Avant qu'elle ait pu finir sa phrase, la porte du bureau de Gabriel s'ouvrit brutalement.

— Tess, où se trouve…

Il s'interrompit en voyant Niles perché sur le bureau de son assistante.

— Bonjour, monsieur, balbutia le jeune homme en se remettant précipitamment sur ses pieds.

— Je me demandais d'où venait cet écho de conversation, reprit Gabriel. Vous n'avez rien de mieux à faire que colporter vos habituels ragots ?

— Je suis en train d'organiser la soirée du comité d'entreprise et je proposais à Tess de participer à notre action caritative.

— Vraiment ? répliqua Gabriel, glacial.

— Nous espérons que vous aussi vous voudrez bien nous épauler, monsieur. Si vous acceptiez d'accomplir le moindre petit défi, cela renforcerait la crédibilité de toute notre équipe.

Gabriel était sur le point de refuser lorsqu'il croisa le regard de Tess.

— Je ferai mon possible, grommela-t-il, soucieux d'éviter un nouveau cours en ressources humaines où le précieux Steve serait encore cité en exemple.

— C'est très généreux de votre part. Je me permets donc de noter votre nom sur la liste des participants aux exploits qui seront mis aux enchères au cours de la soirée.

— C'est cela. Inscrivez-moi pour ce que vous voudrez, dit Gabriel en le poussant dehors. Tess, je n'arrive pas à remettre la main sur le dossier du Liechtenstein.

Tout en faisant le V de la victoire derrière le dos du patron, Niles referma la porte.

A midi, une nurse majestueuse et bardée de diplômes fit son apparition dans le bureau de Tess et s'empara du landau pour ramener le bébé dans l'appartement de Gabriel. Nul ne se serait risqué à mettre ses compétences en doute mais les cris déchirants poussés par Harry tandis qu'elle l'emmenait semblèrent résonner encore longtemps dans les lieux après leur départ. Tess, qui n'avait dormi que trois heures la nuit précédente, se sentit soulagée de voir son jeune pensionnaire disparaître, même si la pièce lui semblait soudain étrangement vide.

A 5 heures, le projet de contrat était prêt et il put être expédié juste à temps. Tess s'effondra sur sa chaise, au bord de l'épuisement. Les yeux lui brûlaient et un gong vibrait dans sa tête. Elle n'aspirait plus qu'à rentrer chez elle et à se laisser glisser dans un bain bien chaud avant de se coucher. Heureusement, on était vendredi soir et pendant le week-end, elle pourrait rattraper le sommeil perdu. Il était 5 h 45 et elle s'accorda le droit de partir un peu en avance.

Gabriel surgit au moment où elle éteignait son ordinateur.

— Vous rentrez déjà chez vous ?

— Oui ; il n'y a plus rien à faire, n'est-ce pas ?

— Non, répondit-il en hésitant un peu.

Comment lui avouer qu'il n'avait guère envie de la voir s'éloigner, de regagner seul son appartement froid et impersonnel et de passer la soirée aux côtés de cette nurse terrifiante.

Il y eut un silence.

— Merci pour votre aide, murmura-t-il enfin en l'aidant à enfiler son manteau.

Tess n'en crut pas ses oreilles. Le grand Gabriel Stearne la remerciait ! Elle aurait voulu savourer son triomphe mais frémit de le sentir de nouveau si près d'elle.

— Je n'ai fait que mon travail, ce pour quoi vous me payez.

Elle prit son temps pour boutonner son manteau.

— Bonne fin de semaine, Tess, répondit-il d'une voix sourde.

— Bonsoir, monsieur Stearne.

Comment pouvait-elle être si glaciale alors que, quelques heures plus tôt, il avait embrassé sa gorge, enfoui son visage dans sa chevelure, senti ses bras autour de son cou ?

— Vous savez, on a quand même passé la nuit ensemble. Vous pourriez m'appeler Gabriel !

Il eut le plaisir de la voir s'empourprer jusqu'à la racine des cheveux.

— Comme vous voudrez, répondit-elle d'un air guindé.

— C'est ça !

Pas besoin de faire sa mijaurée ! Quand ce brave Steve était là, il n'avait certainement pas droit à « monsieur Robinson » !

— A lundi, reprit-il d'un ton sec en détournant la tête.

De retour chez elle après un court trajet en bus, Tess se sentit complètement désemparée. Sans doute les effets conjugués d'un bébé imprévu et d'un monceau de travail ! Rien à voir, en tout cas, avec l'idée qu'elle ne reverrait plus Gabriel jusqu'au lundi.

Si seulement il s'était abstenu de lui rappeler qu'ils avaient dormi ensemble ! Elle avait presque réussi à se persuader que cet épisode était absolument sans importance. D'ailleurs Gabriel avait été si désagréable pendant toute la journée qu'il lui avait vraiment facilité la tâche !

Mais lorsqu'il l'avait frôlée en l'aidant à enfiler son manteau, tout lui était revenu d'un coup. Elle avait eu beau se dire qu'elle était presque encore endormie, ce matin, quand tout cela était arrivé, elle sentait encore les lèvres de Gabriel sur sa peau et le contact de ses mains sur son corps avec une troublante réalité.

Elle referma sa porte d'entrée d'un coup sec, comme pour se mettre à l'abri de toute intrusion. Son répondeur clignotait dans l'entrée, indiquant qu'il y avait eu deux appels. Elle appuya sur le bouton :

— Tess, c'est Bella. Tu ne m'as pas rappelée. Il faut que je sache comment tu t'en sors avec le bébé et surtout… avec Gabriel. N'oublie pas que tu avais promis de tout me dire ! A bientôt, ma grande !

« Pour cette fois, je me contenterai de presque tout lui dire », songea Tess, bien décidée à faire à Bella un récit détaillé de la façon dont ils avaient réussi à changer la couche et à donner le biberon. Mais son amie posait parfois des questions si indiscrètes qu'elle préféra remettre au lendemain cette conversation. Elle aurait besoin de toute sa lucidité pour opérer un tri sélectif efficace de l'information.

Le second message était d'Andrew.

« Salut, grande sœur ! Merci pour ton mail. Sans vouloir te bousculer, j'aimerais savoir quand le chèque va arriver. Le proprio est vraiment furax et j'ai besoin de liquide pour payer les réparations de la voiture. Je t'embrasse. A bientôt. »

En soupirant, elle suspendit son manteau. Quelques années plus tôt, elle avait été toute fière que son frère soit admis à l'université. Elle ne se rendait pas compte, alors, du prix de telles études. Et maintenant, elle avait l'impression qu'il passait le plus clair de son temps sur le terrain de sport ou à faire la bringue avec des amis ! Bien sûr, il avait un petit boulot à mi-temps mais c'était elle qui subvenait à l'essentiel. Ses heures supplémentaires de la veille suffiraient à peine à couvrir le chèque qu'il lui réclamait.

Malgré ses soucis, elle s'accorda un long bain bien chaud. Enveloppée dans sa vieille robe de chambre, elle s'apprêtait à grignoter quelques restes dans la cuisine, quand la sonnette de la porte d'entrée retentit.

9 h 30 ! Elle n'attendait personne, ce devait être un voisin.

Pieds nus, elle regarda précautionneusement à travers l'œilleton.

Son cœur bondit dans sa poitrine quand elle aperçut sur le seuil Gabriel, tenant Harry dans ses bras. Elle ouvrit fébrilement.

— Bonsoir. Pouvons-nous entrer ?

— Que se passe-t-il ? Où est la nurse ?

— Elle est partie.

— Comment ça, partie ?

Gabriel avait l'air tellement misérable qu'elle n'eut pas la cruauté de poursuivre ses investigations sur le paillasson.

— Entrez…

Elle leur fit franchir l'étroit couloir.

— Asseyez-vous, reprit-elle en désignant le petit canapé qui faisait face à la cheminée du salon.

Gabriel s'installa en veillant à ne pas faire de faux mouvement car Harry dormait profondément. Tess s'appuya sur le bras d'un fauteuil et rabattit sa robe de chambre sur ses jambes nues, regrettant de se sentir rouge et échevelée après son bain.

— Vous pourriez peut-être me dire ce qui s'est passé. La nurse n'a pas réussi à trouver votre appartement ?

— Si, mais il faut croire qu'elle s'attendait à tout autre chose… Elle a exigé d'avoir sa propre chambre, sa propre voiture, des congés hebdomadaires, des repas à heures fixes…

— Je vois. Peut-être aurions-nous dû lui préciser plus clairement les conditions de travail ? suggéra-t-elle en repensant à diverses modalités très particulières qu'elle avait acceptées la nuit précédente, concernant les horaires, la nourriture et les moments et lieux de repos.

— Toujours est-il que quand je suis rentré, ce soir, j'ai trouvé Harry en train de hurler et la nurse plus préoccupée des termes de son contrat que des cris du bébé.

Tandis qu'il lui fournissait ces explications, l'idée qu'elle était nue sous son épaisse robe de chambre traversa malencontreusement l'esprit de Gabriel.

— Mais la goutte d'eau qui a fait déborder le vase, reprit-il, c'est qu'elle a refusé de passer la nuit dans l'appartement sous prétexte qu'elle n'avait pas de chambre personnelle. De plus, j'ai eu l'impression qu'elle m'accusait de vouloir en profiter ! Je lui ai bien dit que, compte tenu de son physique ingrat, je n'aurais aucun mal à résister à la tentation, mais ça n'a pas amélioré les choses, loin de là. Bon, à la fin, je dois avouer que j'ai perdu mon calme…

« Incroyable ! se dit Tess. Jamais je n'aurais cru que ce cher Gabriel garderait son sang-froid aussi longtemps ! »

— Je lui ai dit qu'elle pouvait aller au diable et que j'étais tout à fait capable de m'occuper moi-même de Harry…

— Elle vous a pris au mot ?

— Exactement. Mais le problème, c'est que je n'arrive pas à m'en sortir tout seul…

5.

— J'ai tout essayé, pourtant ! chuchota Gabriel visiblement angoissé à l'idée de réveiller le bébé. Je lui ai changé sa couche, je l'ai baladé dans mes bras à travers l'appartement, sur des kilomètres. Impossible de le calmer ! Quand j'ai tenté de lui donner quelque chose à manger, il est devenu écarlate et j'ai cru qu'il allait s'étouffer. A la fin, je n'en pouvais plus. J'étais désespéré et la seule solution qui m'est venue à l'esprit, c'est vous !

Une ombre de regret passa dans les yeux de Gabriel. Le visage de Tess s'était imposé presque malgré sa propre volonté : Tess à la voix glaciale, Tess au regard et au corps brûlants…

— Je ne pouvais rien demander à Fionnula : en ce moment même, elle anime une émission en direct et d'ailleurs elle m'en veut encore pour la soirée d'hier. Alors, j'ai embarqué Harry dans ma voiture, et nous voilà…

Il jeta un coup d'œil au bébé, l'air déconfit.

— Il s'est endormi dans la voiture, mais je ne peux pas passer la nuit à rouler juste pour le faire tenir tranquille !

Pour se donner le temps de réfléchir, Tess saisit sa serviette de toilette restée sur une chaise et frotta énergiquement ses cheveux encore humides

« Elle se méfie, se dit Gabriel, elle sait bien ce que je vais lui demander. »

— Je vous en prie, Tess, je sais que j'exige bien trop et que vous n'avez guère dormi la nuit dernière, sans parler de tout le travail que vous avez fourni aujourd'hui. Mais j'ai vraiment besoin de vous !

Il s'arrêta, conscient du nombre de fois depuis la veille où il avait sollicité son aide. Ce qu'il pouvait détester reconnaître ses propres faiblesses !

— Après l'expérience de la nuit dernière, je sais bien que Harry va se réveiller bientôt et que je suis incapable de m'occuper de lui tout seul. Si vous acceptez de passer encore une nuit dans mon appartement, je vous jure que, dès demain, je trouverai une solution.

Les yeux de Tess fuyaient les siens. Elle était sûrement en train de chercher une échappatoire.

— Si vous acceptez, je vous donne ce que vous voudrez.

— Vraiment ?

— N'importe quoi ! De l'argent… des congés… un billet d'avion pour la destination de votre choix…

— Et si je vous demandais simplement de changer d'attitude envers le personnel de SpaceWorks ? suggéra-t-elle sans croire une seconde qu'il accepterait le marché.

— Je vous ai dit « tout ce que vous voudrez ».

— Vous direz bonjour, s'il vous plaît et merci ?

— Autant de fois qu'il vous plaira.

— Vous assisterez à la soirée du comité d'entreprise ?

— Avec grand plaisir, acquiesça-t-il en serrant imperceptiblement les mâchoires.

— Pour accepter ces conditions, vous devez être au bord de la dépression ?

— Exact, reconnut-il en plongeant ses yeux gris dans ceux de Tess.

Elle lui trouva le visage marqué et les traits tirés, ce qui n'avait rien d'anormal après la nuit qu'ils avaient passée et le travail qu'il avait dû fournir pendant la journée pour en finir avec le contrat. Sans parler de ses démêlés avec la nurse inhumaine… Elle se félicita d'avoir pu rentrer quelques heures plus tôt dans sa maison accueillante et se prélasser un moment dans un bain pendant qu'il faisait face à l'adversité !

— J'accepte votre proposition, lui dit-elle d'un ton détaché.

Elle se redressa et laissa malencontreusement sa robe de chambre s'ouvrir haut sur ses cuisses, avant d'en resserrer la ceinture à la hâte.

— Pouvez-vous attendre dans le salon que je termine de me sécher les cheveux ?

— Bien sûr.

Il lui avait souri et Tess sentit son cœur battre la chamade. Elle était soulagée d'échapper à la fascination de ses yeux clairs, de sa bouche virile et de ses grandes mains solides qui soutenaient la nuque fragile de Harry.

— Eh bien, installez-vous confortablement. Ce ne sera pas long !

Elle avait cru lancer cette invite d'un ton plein d'assurance mais les mots s'étaient bousculés dans sa bouche tremblante et une fois montée dans la salle de bains, à l'étage, elle se reprocha amèrement de se mettre dans un état pareil à cause d'un misérable sourire.

« Tu sombres dans la débilité, ma pauvre amie, chuchota-t-elle à l'adresse de son reflet tout en maniant le séchoir. Il t'aurait suffi de dire non, de trouver n'importe quel prétexte et le tour était joué… Maintenant, dès qu'il aura le moindre problème personnel, il va penser qu'il peut te siffler comme un caniche ! Alors que tu n'as jamais éprouvé la moindre sympathie pour lui ! Sans parler de la nouvelle nuit blanche qui t'attend alors que tu es déjà complètement épuisée…

Oui… mais il t'a dit merci.

Il t'a souri.

Il t'a regardée droit dans les yeux et il t'a dit qu'il avait besoin de toi …»

Pendant qu'elle ruminait ces pensées contradictoires, Gabriel s'était écroulé sur le divan du salon.

Au fond, Tess elle-même lui avait proposé de se mettre à l'aise, se dit-il en retirant ses chaussures, tandis que Harry profitait de l'ambiance plus détendue pour sombrer dans un profond sommeil, le nez enfoui dans sa veste en tweed. De la salle de bains qui se trouvait au premier étage parvenait à Gabriel le ronronnement apaisant du séchoir. Il jeta un coup d'œil autour de lui, surpris par l'atmosphère confortable et le désordre sympathique qui régnaient dans la pièce : une lumière douce, des couleurs chaudes et vives, des piles de livres entassés au hasard, de vieux bibelots… Rien à voir avec la froideur fonctionnelle du bureau de la jeune assistante qu'il côtoyait chaque jour.

Imprévisible Tess !

Pour rester éveillé, Gabriel essaya de se concentrer sur une petite collection de boîtes à épices disposée sur la cheminée, à côté de la photo d'un jeune couple souriant dans un cadre d'argent. Mais il ne parvenait pas bien à en distinguer les détails et ne voulait pas se lever au risque de réveiller Harry. Autant alors en profiter pour se détendre une minute en fermant les yeux…

Au même moment, à l'étage, les cheveux secs et dûment attachés, Tess enfilait une tenue pratique, un gros pull et un jean dans lesquels elle ne se trouvait pas particulièrement à son avantage.

« Parfait ! Personne ne pourra m'accuser d'essayer de lui faire du charme ! Et puis, je me sentirai plus tranquille… », se dit-elle sans chercher à approfondir le sens qu'elle donnait à ce mot.

Tandis qu'elle bouclait le sac qu'elle voulait emporter chez Gabriel, un léger frisson la parcourut au souvenir de leur réveil et du corps vigoureux pressé contre le sien. Pas question de recommencer cette nuit : elle exigerait qu'il prenne le divan et, de cette façon, elle serait tout à fait tranquille !

Pourtant, parvenue en bas de l'escalier, elle ne put s'empêcher de sourire. Ses visiteurs dormaient tous deux profondément, et elle resta un moment immobile à les observer, fascinée… Pendant son sommeil, les traits de Gabriel s'étaient détendus, son rictus un peu méprisant avait laissé place à une expression plus douce et une mèche brune barrait son front. Tess savait qu'il aurait détesté qu'on le voie décoiffé et, impulsivement, elle faillit s'approcher pour remettre ses cheveux en place.

Elle se figea à mi-chemin.

Décidément, elle perdait complètement la tête !

Elle devait le secouer, le réveiller et le ramener dare-dare à son appartement de luxe où il pourrait dormir tout son soûl.

Sauf qu'elle se sentait incapable de le faire.

Elle ramassa les clés de voiture qu'il avait déposées sur la table basse en entrant et sortit de chez elle sur la pointe des pieds. Une fois dans la rue, elle n'eut aucun mal à repérer la voiture dans laquelle trônait la nacelle du landau qu'il avait utilisée pour amener le bébé. Un biberon encore plein de lait traînait à l'arrière à côté d'un paquet de couches. Elle rassembla tout cet équipement avant de remonter chez elle.

Elle ouvrit doucement la porte d'entrée. Rien n'avait bougé dans le salon. Tout doucement, de peur de le réveiller, elle écarta Harry de la poitrine de Gabriel, le déposa dans la nacelle, et, dans cet équipage, transporta l'enfant à l'étage, près de son propre lit. Dans la chambre d'Andrew, qui se trouvait à côté de la sienne, elle prit un duvet et descendit couvrir Gabriel du mieux qu'elle put, non sans avoir doucement remis en place sa mèche rebelle. Lorsqu'elle prit conscience de son geste, elle rougit violemment avant d'éteindre la lumière puis alla se coucher à pas de loup.

La matinée était bien avancée et de vagues douleurs mêlant torticolis et lumbago assaillaient Gabriel au moment où il émergeait avec difficulté d'un sommeil inconfortable mais réparateur. Couché en chien de fusil, la moitié du corps hors du divan, il avait l'impression d'avoir passé la nuit dans le lit d'un nain. Il s'assit avec précaution, la tête entre les mains, fourrageant dans son abondante chevelure, et essaya de faire le point. Il se revit sonnant chez Tess et se rappela parfaitement l'expression de celle-ci lorsqu'elle leur avait ouvert la porte, le visage rosi par le bain et les cheveux humides. Quelques bribes de conversation lui revinrent à l'esprit : elle avait accepté de venir chez lui, il avait promis de dire bonjour et merci…

Il avait dû s'endormir à ce moment-là, vers 10 heures du soir… Il sursauta en regardant sa montre : il avait pratiquement fait le tour du cadran en dormant d'une seule traite ! Il ouvrit doucement la porte du salon qui donnait sur le couloir d'entrée et le murmure de la radio le guida jusqu'à la cuisine étonnamment spacieuse dont une fenêtre ouverte sur un petit jardin laissait pénétrer le soleil d'automne.

— Bonjour, lança Tess.

Assise à la table, elle donnait le biberon à Harry qu'elle tenait dans ses bras.

Gabriel se frotta les yeux.

— Désolé ! Je ne me suis même pas rendu compte que je m'endormais.

— Vous étiez très fatigué.

Elle faisait de son mieux pour paraître naturelle, comme si elle ne remarquait pas son costume froissé et sa chevelure ébouriffée.

— Merci pour le duvet.

La voix de Gabriel manquait de fermeté et Tess se rappela le geste tendre qu'elle avait accompli comme malgré elle.

— Je ne voulais pas que vous attrapiez froid, répondit-elle en évitant de croiser son regard.

— Et Harry ? Comment ça s'est passé, cette nuit ?

— Il s'est réveillé deux fois en début de nuit. Alors, la deuxième fois, j'ai préféré le prendre dans mon lit et il a dormi comme un loir jusqu'au matin.

« Cela ne m'aurait pas déplu à moi non plus », se dit Gabriel tout en cherchant les mots susceptibles de rétablir entre eux une relation plus professionnelle.

— Je regrette beaucoup de vous avoir laissée vous débrouiller seule avec lui.

— Oh ! Ça s'est plutôt bien passé.

Tandis qu'elle soulevait Harry pour lui tapoter le dos après avoir reposé sur la table le biberon vide, il s'étonna de voir avec quelle aisance elle maniait maintenant le bébé alors que, la veille, elle était aussi maladroite que lui. Sûrement ce vieux gène féminin ancestral !

Tess portait une chemise dont les manches découvraient les poignets délicats et le soleil illuminait de reflets dorés sa chevelure répandue sur ses épaules. Coiffée ainsi, elle paraissait plus jeune et plus détendue qu'au bureau, tout en gardant la fraîcheur et la netteté qui la caractérisaient en toutes circonstances.

— Allez donc prendre une douche, vous vous sentirez mieux, proposa-t-elle. C'est en haut de l'escalier, à droite. Vous trouverez un rasoir dans l'armoire murale, si vous en avez besoin.

Comme il entrait dans la salle de bains en se demandant à qui appartenait le rasoir, Gabriel ne put éviter de remarquer la lingerie de soie qui séchait sur un fil, au-dessus de la douche. Il regretta immédiatement d'y avoir jeté les yeux, sachant qu'il lui serait désormais difficile, dans ses rapports professionnels avec Tess, d'oublier que sous son strict tailleur de flanelle, elle portait précisément cela.

Le rasoir était un peu ancien mais opérationnel et après deux coupures et une bonne douche, il admit que la jeune femme avait eu raison : il se sentait mieux.

Il la rejoignit dans la cuisine d'où provenait une délicieuse odeur de café et s'assit à côté d'elle.

— Ça sent bon

Tout en continuant à bercer Harry, elle lui passa la cafetière.

— Désolée, j'avais oublié ma petite lessive.

— Pas de problème. Je l'ai un peu poussée de peur de la mouiller, dit-il, le nez dans sa tasse, mais je l'ai remise en place ensuite.

— Merci, répondit Tess qui préférait éviter d'imaginer Gabriel maniant sa lingerie. Le café vous convient ?

— Il est parfait. Et vous avez drôlement pris le coup de main, avec Harry.

Ce dernier trônait sur les genoux de Tess d'un air placide de propriétaire.

— Oui, je ne m'en sors pas trop mal. Quand je pense à quel point j'étais paniquée lorsque je l'ai vu débarquer, avant-hier soir. Maintenant, je le trouve vraiment craquant !

— Pourtant, il faut absolument que je retrouve sa mère, reprit Gabriel. Je vais engager des enquêteurs dès que possible.

Il remplit leurs tasses de café tout en réfléchissant. Si cette Leanne était repartie travailler comme croupier sur un bateau en mer des Caraïbes, il valait sans doute mieux contacter directement une agence américaine.

— Ça ne devrait pas prendre trop de temps, dit-il.

— Peut-être une semaine, quand même, surtout s'il faut qu'elle revienne ici, répondit Tess.

— Dans ce cas, il faut que j'engage une autre nurse mais ça ne règle pas le problème de l'appartement. Je ferais peut-être mieux de réserver deux chambres communicantes dans un hôtel pour Harry et cette personne. Ce serait plus facile que de les accueillir chez moi.

— J'ai du mal à imaginer que Harry puisse supporter une pareille situation.

— Vous avez une autre idée ?

— Eh bien, je pourrais continuer à vous aider et à m'occuper de lui…

— Vous ! Mais je croyais que vous ne connaissiez rien aux bébés.

— J'ai l'impression qu'on apprend vite. Regardez-le, il est en train de s'habituer à moi. Ce serait dommage de le confier à quelqu'un d'autre : il a déjà été assez perturbé ces derniers temps !

Gabriel était bien obligé de reconnaître que cette solution présentait de grands avantages. Elle lui éviterait de chercher une nurse et de la convaincre de partager avec lui un appartement qui n'offrait aucune intimité. D'autant que, comme Tess le lui avait fait remarquer, il manquait parfois de doigté dans ses relations avec les employés.

Il dévisagea la jeune femme d'un œil suspicieux.

— Je ne comprends pas pourquoi vous accepteriez de consacrer votre week-end, sans parler de la semaine prochaine, à vous occuper d'un enfant qui ne vous est rien.

Tess agita nerveusement sa tasse vide.

— Je n'ai pas dit que je le ferais gratuitement. J'entends bien être payée, et au prix fort !

C'était donc ça ! Il aurait dû s'en douter.

— C'est l'argent qui vous intéresse ?

— Pourquoi pas ? répliqua-t-elle en relevant le menton, le rouge aux joues. Vous savez aussi bien que moi que s'occuper de Harry n'est pas une partie de plaisir !

— Effectivement.

Il était un peu déçu, même s'il avait toujours professé que l'argent était le grand moteur de toute activité humaine. Les femmes n'échappaient pas à la règle, mais elles avaient le chic pour masquer leur avidité sous des propos pleins de sentimentalité. Ça l'étonnait un peu de Tess qu'elle affiche aussi ouvertement son matérialisme, mais, au fond, il n'y avait aucune raison qu'elle soit différente des autres.

— Nous trouverons sûrement un terrain d'entente sur le plan financier. Mais vous ne pouvez pas à la fois vous occuper de Harry et travailler pour moi au bureau où j'ai absolument besoin de vous en ce moment.

— Je peux l'emmener avec moi, comme hier. La semaine prochaine va être plus calme. Si jamais je me sens débordée, je ferai appel à une autre secrétaire pour m'aider. Il me semble que cela devrait pouvoir marcher.

Il se demanda pourquoi elle mettait un tel acharnement à le convaincre. L'argent ? Sans doute, et au fond, peu lui importait ses motivations, du moment qu'elle le tirait de ce guêpier !

— D'accord, conclut-il sèchement. Si vous pensez pouvoir tout gérer correctement…

Tess se sentit soulagée. Ce matin, elle avait calculé combien tout cela pouvait lui rapporter – y compris les nuits – et l'importance de la somme l'avait surprise. Bien sûr, ce serait très dur mais pour une semaine, cela valait la peine car elle se débarrasserait ainsi de presque tous les arriérés d'Andrew.

Elle vit Gabriel repousser sa chaise pour se lever.

— Juste une chose, lança-t-elle. Ça vous ennuierait de vous installer ici provisoirement ?

Il se rassit.

— Je pensais plutôt que c'est vous qui seriez gênée par ma présence. Vous m'avez toujours eu l'air de quelqu'un qui refuse de voir son travail empiéter sur sa vie privée.

— C'est en général le cas, mais je n'ai pas envie de passer toute la semaine dans votre appartement qui me semble difficilement transformable en nursery. Ici, au moins, j'aurai ma chambre personnelle. Mais, rassurez-vous, vous ne serez pas forcé de dormir sur le canapé !

— Eh bien, c'est déjà un énorme avantage. Dans ce cas, je vais passer chez moi prendre quelques vêtements et tout le barda de Harry. Après, je crois qu'il faudra faire des courses, si vous êtes d'accord.

Deux heures plus tard, Tess s'interrogeait encore sur le bien-fondé de la décision qu'elle avait prise.

Se retrouver dans les allées d'un supermarché avec Gabriel avait quelque chose d'un peu trop familier, tout comme de l'interroger sur ses préférences en matière de légumes ou de débattre avec lui de la meilleure marque de couches.

Avaient-ils l'air aussi étranges qu'elle en avait l'impression ou ressemblaient-ils aux autres jeunes couples qui piétinaient aux caisses derrière un chariot occupé par un bébé rieur ou hurleur ? Elle glissa un regard vers Gabriel très occupé à consulter la notice d'un chauffe-biberon électrique et se dit que malgré ses vêtements banals — un jean et un pull bleu marine — il ne passait pas inaperçu. De sa personne émanait une sorte de détermination qui attirait les regards.

Mais mieux valait ne pas oublier qu'il s'agissait d'un travail et qu'il restait un patron à la personnalité difficile.

Quelques minutes après ils roulaient tous les trois en direction du quartier excentré où vivait Tess.

— Il faut absolument qu'on renouvelle l'équipement de Harry, dit-il un peu plus tard en arrêtant brutalement sa voiture devant une boutique spécialisée en puériculture. J'en ai assez de m'esquinter les doigts sur ce maudit landau !

La vendeuse eut du mal à croire à son bonheur lorsqu'il lui fit part de ses désirs et qu'il lui précisa que le prix n'entrait pas en ligne de compte.

Une demi-heure plus tard ils entassaient dans la voiture une chaise haute, une literie complète, l'intégrale d'une gamme de biberons adaptés à toutes les circonstances, une balancelle miniature indispensable au bien-être de tout bébé et quelques jouets éducatifs recommandés par la spécialiste. Chacun, dans son for intérieur, dut reconnaître avoir pris plaisir à choisir une série de marionnettes et à discuter avec le plus grand sérieux des mérites respectifs d'un ours et d'un lapin en peluche.

Tout en poussant la porte de son appartement et en l'invitant à entrer, Tess reconnut que Gabriel s'était comporté admirablement et s'autorisa à jeter un coup d'œil discret à ses traits élégants et à sa bouche sensuelle. Sous son apparente froideur, le souvenir des lèvres brûlantes qui s'étaient posées sur sa peau ne cessait de la troubler.

Heureusement, Harry se fit une joie de lui rappeler qu'il devait être nourri à heures fixes et ne tolérait aucun retard sur ce point.

Ils s'installèrent dans la cuisine et Gabriel accepta de donner le biberon tandis que Tess réchauffait une soupe pour le déjeuner. Il en profita pour la détailler à la dérobée tandis qu'elle s'affairait. Il trouvait étrange de n'avoir jamais auparavant remarqué la grâce de sa silhouette, ni la manière dont son visage s'illuminait quand elle souriait.

Mais il lui parut bientôt plus sage d'observer les diverses photos et cartes postales épinglées au mur au-dessus de la table. A la place d'honneur trônait le portrait d'un jeune homme de fière allure posant devant une voiture, les bras croisés, un large sourire aux lèvres.

« Sans doute son petit ami... Il a l'air bien plus jeune qu'elle, mais de nos jours, ça ne veut rien dire ! » pensa-t-il.

— Qui est-ce ? lança-t-il d'une façon plus abrupte qu'il ne l'aurait souhaité.

— C'est mon frère, Andrew, le jour de son anniversaire. Il a eu vingt et un ans cette année... Il est fou de cette vieille voiture.

Elle ne précisa pas qu'elle en avait payé la plus grande partie. C'était déjà presque une épave quand il l'avait achetée et elle préférait ne pas penser à l'état dans lequel il l'avait retrouvée après qu'on la lui eut volée.

Tess fit quelques pas en direction du mur où était accrochée la photo et se trouva soudain si près de Gabriel qu'il pouvait sentir son léger parfum. Tandis qu'elle contemplait le portrait d'Andrew, son expression s'était adoucie et un léger sourire flottait sur ses lèvres.

— Je ne savais pas que vous aviez un frère, dit-il.

Il se sentait aux prises avec une impression curieuse qu'il se refusa absolument à considérer comme une pointe de jalousie. Au fond, il savait si peu de chose de la vie de Tess !

— Voilà douze ans que nos parents sont morts dans un accident et je n'ai plus que lui au monde, reprit-elle. Andrew avait seulement neuf ans au moment de leur décès et c'est moi qui me suis occupée de lui. Il était si jeune, ç'a été terrible...

Gabriel songea que ç'avait dû être très dur pour elle aussi de perdre ses parents et d'avoir en outre à faire face à une telle responsabilité.

— Vous ne deviez pas être très âgée, vous non plus.

— J'avais dix-huit ans. Mes parents venaient de déménager d'Edimbourg, en Ecosse, à cause du travail de mon père et d'acheter cette petite maison à Londres. Cela nous a permis de nous loger mais mon père n'avait jamais été très fort en affaires et il ne nous a rien légué d'autre. Je venais juste de passer mon diplôme de secrétariat et j'aurais bien aimé voyager un peu mais Andrew allait encore à l'école primaire et j'ai pris le premier emploi qui s'est présenté.

— Avec Steve Robinson ?

— Non, j'ai travaillé ailleurs auparavant.

Il y avait une certaine gêne dans sa voix et elle baissa le nez vers la casserole de soupe qu'elle faisait réchauffer. Même au bout de dix ans, elle préférait ne plus penser à ce premier emploi et à la façon si humiliante dont les choses s'étaient terminées pour elle.

— Quand j'ai quitté ce travail, j'aurais voulu faire une pause, mais, avec Andrew encore à l'école, ce n'était pas possible. C'est alors que je suis entrée chez SpaceWorks pour un remplacement de deux semaines et, en définitive, j'y suis restée. Steve était formidable, très souple. Il pensait qu'on devait pouvoir concilier son activité professionnelle et sa vie privée et il s'arrangeait toujours pour que je puisse passer prendre Andrew à l'école en fin de journée ou rester à la maison quand il était malade.

Gabriel reposa soigneusement le biberon sur la table et redressa Harry pour lui tapoter le dos.

— Ça ne m'étonne pas que vous éprouviez tant de reconnaissance envers votre ancien patron, reconnut-il avec le même stupide pincement de jalousie qu'il avait ressenti un peu plus tôt, lorsqu'elle évoquait Andrew.

— Il ne se comportait pas ainsi seulement avec moi, reprit-elle, comme si elle avait pu lire dans ses pensées. Pour toute notre équipe, travailler avec lui, c'était comme faire partie d'une grande famille jusqu'au jour où…

— Jusqu'au jour où je suis arrivé, c'est ça ?

Il y eut un silence pendant lequel ils eurent l'impression que chacun reprenait sa place : lui, celle du patron et elle, celle de l'assistante.

— Oui, exactement.

Trois jours plus tôt, ils se détestaient cordialement. Mais qu'en était-il aujourd'hui ? songea-t-elle.

Aujourd'hui, elle n'était plus sûre de rien. Tous ces événements l'avaient déstabilisée. Certes, elle n'avait pas diamétralement changé d'opinion au sujet de Gabriel. Elle ne s'était pas mise à l'adorer, loin de là.

Simplement, elle le détestait peut-être un peu moins qu'elle ne l'avait cru…

6.

— Maintenant, bien sûr, la vie est plus facile, reprit Tess en s'efforçant de ramener la conversation sur un terrain moins délicat. Andrew est parti à l'université et je ne lui consacre plus tout mon temps libre. Cependant, je dois avouer que cela me revient très cher.

Elle eut un sourire contraint tandis qu'elle versait la soupe dans les bols posés sur la table de la cuisine.

— Il vient d'entamer sa dernière année d'études et, parfois, je me demande comment il a réussi à en arriver là. Il prend la vie du bon côté et je n'ai jamais l'impression qu'il travaille sérieusement.

Elle s'assit à table face à Gabriel, la cuillère en l'air, absorbée par ses soucis.

— Je sais que c'est très dur pour les étudiants, de nos jours, mais Andrew a sans cesse des problèmes d'argent. Il n'a même pas fini de rembourser ses dettes de l'an dernier et pourtant il a décidé de louer une maison, avec des amis. Le propriétaire demande un dépôt de garantie qu'aucun d'eux n'est capable de fournir. Sans parler de sa vieille voiture qu'on lui a volée récemment et qu'il a retrouvée en piteux état : les réparations sont hors de prix !

Elle se releva pour aller chercher le pain qu'elle avait oublié de poser sur la table.

— Voilà pourquoi j'ai sauté sur l'occasion quand vous m'avez proposé de m'occuper de Harry...

— Je vois, murmura Gabriel qui s'était levé lui aussi après avoir obtenu du bébé un rot splendide.

Accroupi près de la table, il avait du mal à faire entrer Harry dans son nouveau siège aérodynamique.

— Je dois avouer qu'avant-hier soir, lorsque j'ai sollicité un entretien avec vous, j'avais l'intention de vous demander une augmentation. Même si je reconnais que mon salaire est correct, la vie à Londres est épouvantablement chère. J'ai calculé que les heures supplémentaires consacrées à la garde de Harry me permettraient d'envoyer à Andrew de quoi se loger et faire réparer sa voiture. Peut-être que, de cette façon, il pourrait laisser tomber son mi-temps au pub pour se consacrer vraiment à ses études ! Il n'en a plus pour si longtemps !

Sans doute Gabriel allait-il la croire complètement obsédée par l'argent, se reprocha-t-elle. Qu'est-ce qui lui avait pris de se laisser aller à lui parler d'Andrew ? Ce n'était pourtant pas son habitude de se confier et à plus forte raison à Gabriel Stearne qui se moquait bien de ses soucis personnels !

— Je crains de vous paraître bien âpre au gain, reprit-elle d'un ton désinvolte pour masquer son embarras.

— J'ignorais pourquoi vous aviez tant besoin de cet argent.

Maintenant qu'il connaissait ses raisons, il se sentait soulagé — même si, au fond, l'usage que Tess ferait de cette somme aurait dû lui être parfaitement indifférent.

— Si nous nous remettions à table ? proposa-t-il, joignant le geste à la parole, tandis qu'elle s'asseyait elle aussi. Je comprends que vous teniez à aider votre frère, mais vous avez tort d'éponger ainsi ses dettes. A vingt et un ans, il devrait être capable de se prendre en charge !

— Je sais bien mais je ne peux m'empêcher de me sentir responsable de lui. Si mes parents étaient là, ils le tireraient d'affaire, j'en suis sûre. D'ailleurs, vous-même, vous avez bien décidé de vous occuper de votre neveu, n'est-ce pas ?

— Très provisoirement, reconnut Gabriel. Enfin, je suppose que je me sens un peu responsable de Greg… Vous saviez que j'ai grandi à Londres ?

— Je l'ignorais.

Tess était un peu surprise qu'il saute ainsi du coq à l'âne mais la mention de cette enfance londonienne lui permettait de mieux comprendre certains aspects de la personnalité de Gabriel qui l'avaient intriguée : son accent qui semblait hésiter entre les deux rivages de l'Atlantique, son allure qui n'avait rien de typiquement américain.

— Quand j'avais onze ans, mon père nous a quittés pour fonder une nouvelle famille avec une autre femme. L'histoire classique. Ma mère, qui est originaire des Etats-Unis, y est alors retournée en m'emmenant. Là-bas, elle a retrouvé Ray Stearne, un ancien voisin, et ils ont repris leurs relations là où ils les avaient laissées quand ils étaient gamins. C'est sûrement la meilleure chose qu'elle ait faite mais je ne peux pas dire que mon adolescence ait été très gaie… Enfin, Ray a fait preuve de beaucoup de gentillesse et quand ils se sont mariés, il m'a adopté et m'a donné son nom. Il s'est montré certainement plus paternel à mon égard que mon véritable père ne l'a jamais été ! Souvent, quand ma mère était débordée avec Greg, c'est Ray qui s'occupait de moi. Lorsque j'ai créé mon entreprise, il m'a encouragé et m'a prêté de l'argent. Bien sûr, Greg reste leur petit dernier et le moins que je puisse faire pour eux, c'est de le tirer d'affaire quand il se met dans l'embarras. S'ils étaient au courant du quart de ses frasques, ils ne s'en remettraient pas !

— Il a pourtant eu l'air charmant, au téléphone.

— Il l'est. C'est d'ailleurs le cœur du problème : tout le monde l'aime, tout le monde se bat pour l'aider et subvenir à ses besoins. Cela ne lui ferait sans doute pas de mal de travailler, mais, entre l'aide de Ray et la mienne, il n'en a jamais vu la nécessité : son père lui verse une rente confortable et quand il a tout dépensé, il me téléphone. Il dit que, de nous deux, il faut bien qu'il y en ait un qui profite de mon argent ! Au fond, il n'a peut-être pas tort…

Tess songea que Gabriel, tout exigeant et intolérant qu'il fût, semblait curieusement résigné aux fredaines de son demi-frère. Son histoire personnelle était banale, comme il l'avait reconnu lui-même, et, d'une certaine façon, on pouvait dire qu'il avait eu de la chance de tomber sur un beau-père comme Ray. Pourtant, elle ne pouvait s'empêcher de compatir, imaginant l'enfant qu'il avait été, abandonné par son père, arraché à son environnement familier, contraint de s'adapter à un nouveau mode de vie.

Elle aurait voulu lui témoigner de la sympathie mais craignait qu'il le prenne mal.

— Avez-vous des nouvelles de votre beau-père ? demanda-t-elle.

— J'ai appelé hier soir ma mère du bureau après votre départ. Ray a été placé en réanimation à la suite de son opération. Je téléphonerai après le déjeuner pour voir où il en est.

— Vous ne projetez pas d'aller là-bas ?

— C'est ce que j'avais prévu mais maintenant, je dois m'occuper de Harry.

Il observa le bébé qui tambourinait sur l'abattant de son siège.

— Et puis, il me faut retrouver Leanne, ce qui risque de prendre du temps comme vous me l'avez fait remarquer hier. Et si nous n'y arrivons pas, nous n'aurons plus qu'à attendre le retour de la grand-mère…

Il avait l'air si accablé que Tess ne put s'empêcher de le rassurer.

— Si l'état de votre beau-père s'aggravait, vous pourriez toujours me laisser Harry et être auprès de lui en quelques heures. Au fond, pourquoi ne partez-vous pas lui rendre visite ? Je suis sûre que je saurais me débrouiller.

— Je vous fais confiance mais j'aimerais mieux éviter de trop vous mettre à contribution, répondit-il, sans savoir lui-même pourquoi il se sentait incapable de réserver une place dans le premier avion pour la Floride.

Pourtant, il ne pouvait pas avoir envie de passer plus de temps qu'il n'y était obligé avec Tess et Harry dans cette maison confortable mais minuscule !

Il était absolument impossible qu'il ait envie de rester là…

Le déjeuner fini, ils montèrent tous les deux dans la chambre de Tess pour coucher Harry. Tandis qu'elle sortait couverture et draps de leur emballage et faisait le petit lit, Gabriel, le bébé dans les bras, examina discrètement les lieux avant de déposer l'enfant dans son berceau.

La pièce correspondait bien à la personnalité de Tess : fraîche, lumineuse, avec un parquet clair et des meubles rustiques. Le matin, le soleil devait envahir la chambre et éclairer le lit où elle reposait. Il n'avait aucun mal à imaginer la scène : Tess s'étirant doucement, ouvrant les yeux avec un sourire ensommeillé, exactement comme la veille, lorsqu'elle s'était réveillée à son côté…

La gorge sèche, il ne savait comment résister à l'émotion qui le gagnait et, comme toujours, il chercha à dissimuler son trouble sous une feinte agressivité :

— Pourquoi aucune des portes du premier étage n'a-t-elle la moindre poignée ? lança-t-il tandis qu'ils redescendaient dans la cuisine.

— Cela ne les empêche pas de fonctionner et je trouve cette remarque assez malvenue dans la bouche de quelqu'un dont l'appartement ne comporte aucune porte, justement, répliqua-t-elle avec ironie.

— A quoi cela vous sert-il d'en avoir, si vous ne pouvez pas les fermer ?

— Eh bien, figurez-vous que l'été dernier, j'ai acheté ces boutons de porte anciens chez un antiquaire, répondit-elle en ouvrant une boîte placée sur le réfrigérateur. Ils sont adorables, n'est-ce pas ?

— Tout à fait, mais sans grande utilité tant qu'ils ne sont pas en place !

— Andrew devait les poser l'été dernier mais il est reparti sans en avoir eu le temps. Cela peut attendre les vacances de Noël. De toute façon, quand je suis seule, je n'ai pas besoin de fermer les portes !

— Il suffirait d'un tournevis pour arranger ça en quelques minutes.

— Je sais mais il se trouve que je ne suis pas la reine du bricolage.

— Vous me surprenez ! J'aurais juré que vous aviez des doigts de fée !

— Absolument pas : j'ai peut-être une tête bien faite mais pour les mains, c'est un vrai désastre !

Et elle lui tendit ses mains délicates avec un sourire désarmant, comme s'il pouvait y lire la preuve de sa maladresse.

Gabriel les prit fugitivement dans les siennes et pressa un instant les doigts fins et élégants aux ongles discrètement manucurés. Tess devait avoir raison : ce n'étaient pas des mains de femme pratique. Elles étaient trop tendres, trop douces, trop chaudes. Il se rappela leur contact contre son cou lorsqu'il s'était réveillé, la veille…

Il les lâcha brusquement.

— Vous n'avez pas de tournevis ?

Tess sursauta. Il lui semblait que la chaleur des paumes de Gabriel l'avait envahie tout entière, alors qu'il l'avait à peine effleurée. Elle baissa les yeux avant de croiser les bras dans un geste inconscient de défense.

— Alors, ce tournevis ? reprit Gabriel.

Tess faillit s'étrangler d'étonnement. Elle aurait juré que le bricolage n'était pas dans les cordes d'hommes du genre de Gabriel Stearne, qui avaient mieux à faire qu'à manier un marteau ou une perceuse.

— Pourquoi me regardez-vous comme ça ? lança-t-il. Comment vous imaginez-vous que j'ai débuté dans le bâtiment ? Je me suis d'abord sali les mains, comme tout le monde ! Maintenant, je passe tout mon temps derrière un bureau, mais je suis encore capable de me servir d'un tournevis !

— Vous voulez dire que vous être prêt à fixer ces boutons sur mes portes ?

— Si vous m'y autorisez.

— Eh bien, si ce n'est pas trop vous demander…

En définitive, il ne se contenta pas de fixer les poignées mais répara le robinet qui gouttait dans la salle de bains, changea l'ampoule de l'escalier qui était hors de portée de Tess, huila les gonds de la porte de cuisine qui grinçait et fixa un miroir au mur du salon, un chantier dont la jeune femme avait récemment évalué à deux ans, dans le meilleur des cas, le délai d'achèvement.

Une heure plus tard, il revint dans la cuisine. Tess, en compagnie de Harry qui s'était réveillé à cause de tout ce remue-ménage, s'activait à quelques rangements. Gabriel pointa un doigt vers une étagère branlante posée à même le sol contre le mur :

— Où aviez-vous l'intention de la fixer ?

— Ne vous croyez pas obligé de vous en occuper, protesta-t-elle faiblement tandis que Gabriel était déjà en train de prendre les mesures.

Ses gestes étaient rapides et efficaces, se dit-elle tout en l'observant à la dérobée pendant qu'elle commençait à préparer leur dîner.

Avec sa sombre chevelure mouchetée de plâtre et sa joue balafrée d'un trait poussiéreux, il lui semblait à la fois méconnaissable et agréablement familier et elle ne détestait pas le voir s'affairer dans la pièce.

Il y semblait presque comme chez lui.

— Je la pose là ?

La voix de Gabriel l'arracha à ses pensées. Il la regardait d'un drôle d'air et elle rougit légèrement. L'aurait-il surprise à l'examiner ?

— Oui, c'est parfait, merci, marmonna-t-elle en retournant précipitamment aux oignons que, absorbée par sa contemplation, elle avait cessé de hacher.

Lorsque la sonnerie du téléphone retentit, quelques instants plus tard, elle se précipita vers l'appareil avec un certain soulagement mais déchanta rapidement lorsqu'elle reconnut la voix de Bella qui exigeait de savoir pourquoi elle ne l'avait pas rappelée la veille.

— Tu n'as pas eu mon message ?

— Mais si…

Dans le couloir, Tess essayait de tirer sur le fil pour s'écarter autant qu'elle le pouvait de la porte de la cuisine, restée grande ouverte.

— Je voulais te rappeler, mais il s'est produit quelque chose, reprit-elle à voix basse.

— Quoi donc ? hurla Bella de sa voix retentissante. Ne me dis pas que tu es encore en train de jouer les nourrices !

— En quelque sorte…

— Qu'est-ce qui se passe ? Pourquoi parles-tu de cette façon ?

— Tout va bien, chuchota Tess excédée.

— Il y a quelqu'un avec toi ?

Un bruit de perceuse commençait justement à résonner dans le couloir exigu et il parut bien difficile à Tess de prétendre qu'elle était seule, comme elle avait projeté de le faire. Elle ouvrit la porte donnant sur l'extérieur et fit un pas dans le jardin tout en déroulant le fil du téléphone.

— Ecoute, c'est très simple…

Puis elle esquissa un compte rendu rapide de ses dernières quarante-huit heures sans s'attarder sur certains détails trop personnels qu'il valait mieux ne pas porter à la connaissance de Bella.

— Dis donc, reprit celle-ci, tu me prends pour qui ? Tu me racontes que tu passes le week-end avec ton patron, un homme que tu as toujours prétendu détester cordialement et, en plus, tu t'occupes de son fils…

— Mais non, du fils de son frère !

— Ce bonhomme a passé la nuit chez toi…

— Sur le divan du salon !

— Et maintenant, il est en train de te fixer une étagère…

— Ce n'est pas ce que tu crois !

— Tess, reprit Bella après quelques instants d'un silence réprobateur, tu es sûre que tu n'es pas en train de faire une bêtise… de tomber amoureuse de ton patron, par exemple ?

— Moi, amoureuse de lui ! C'est complètement ridicule !

Du seuil de la cuisine, Gabriel observait Tess qui raccrocha brutalement, les joues en feu, ses yeux noisette lançant des éclairs.

— Vous avez l'air très contrariée, remarqua-t-il. Que se passe-t-il ?

— Pas du tout et il ne se passe absolument rien !

Cependant, la remarque de Bella avait produit son effet et l'ambiance détendue de l'après-midi laissa place à une atmosphère plus électrique. On aurait dit que la présence de Gabriel emplissait toute la maison. Partout Tess avait l'impression de se heurter à lui. Elle se sentait crispée, mal à l'aise à l'idée de croiser son regard et lorsqu'ils couchèrent Harry, elle évita prudemment le moindre frôlement accidentel.

Elle avait vaguement espéré que le bébé aurait quelque difficulté à s'endormir ce qui lui aurait fourni un prétexte pour passer la soirée à s'en occuper mais Harry parut prendre un malin plaisir à la contrarier et sombra dans le sommeil dès qu'il fut allongé sur sa couche. Il n'était que 7 h 15 et la perspective de devoir passer toute une longue soirée aux côtés de Gabriel semblait redoutable à Tess.

— Eh bien, je... je crois que je vais prendre un bain avant le dîner, lui annonça-t-elle d'un ton faussement enjoué.

Elle espérait arriver à se détendre. Hélas, tandis que son corps s'abandonnait au plaisir de l'eau tiède et parfumée de quelques gouttes d'huile odorante, la phrase de Bella lui revenait sans cesse en tête, tel un leitmotiv.

« Tu es sûre que tu n'es pas en train de faire une bêtise... de tomber amoureuse de ton patron... »

Bien sûr que non, c'était une idée parfaitement absurde ! Il était absolument hors de question qu'elle éprouve le moindre sentiment pour Gabriel. La seule fois qu'elle avait eu une histoire avec quelqu'un au travail, ça s'était terminé de façon désastreuse. Jamais elle ne retomberait dans ce piège !

D'ailleurs, elle ne trouvait même pas Gabriel sympathique... enfin, pas vraiment.

Tandis qu'elle se séchait et enfilait une tenue très sage, Tess poursuivait ses réflexions : l'hypothèse de Bella était grotesque et elle se refusait à lui accorder la moindre considération. Deux adultes raisonnables pouvaient parfaitement passer un week-end à veiller ensemble sur un bébé sans que naisse entre eux l'ombre d'une équivoque.

Et puis, rien dans l'attitude de Gabriel ne pouvait lui permettre de penser qu'elle lui plaisait. A en juger par sa liaison avec Fionnula Jenkins, il était évidemment plutôt sensible aux charmes des rousses aux formes spectaculaires et, quant à elle, elle savait fort bien qu'elle préférait les hommes moins sombres et moins difficiles.

Moins dérangeants, en quelque sorte...

Tout au long de la soirée, elle s'efforça d'alimenter une conversation languissante, entrecoupée de silences un peu gênants. Cela lui fut d'autant moins aisé qu'à plusieurs reprises, elle se surprit en train de fixer Gabriel presque malgré elle, laissant ses yeux fascinés s'attarder stupidement sur ses mains, son visage, sa bouche...

Brusquement, tandis qu'ils montaient enfin tous deux se coucher, elle eut l'impression d'être en proie au vertige. Elle ne savait plus du tout où elle en était ni ce qu'elle disait, parlant uniquement pour éviter qu'il remarque son trouble.

— J'espère que vous voudrez bien excuser le désordre, continua-t-elle en introduisant Gabriel dans la chambre d'Andrew. Ce sera toujours plus confortable que le vieux divan du salon.

— J'en suis certain, répondit Gabriel d'un ton tout aussi contraint. Et merci beaucoup pour le repas.

— C'est moi qui vous remercie pour tout le travail que vous avez accompli dans la maison cet après-midi.

Un ange passa.

— Bon... Je vous souhaite une bonne nuit, reprit-elle en cherchant désespérément une formule plus originale et en songeant qu'elle n'aurait eu aucun mal à la trouver si elle s'était adressée à quelqu'un d'autre !

Mais c'est à Gabriel qu'elle parlait et tous les mots dont elle usait avec tant de facilité lorsqu'elle conversait avec ses amis lui semblaient en ce moment autant de pièges prêts à se refermer sur elle. Elle aurait eu intérêt à en rester là et à se retirer dans sa chambre. Pourtant, une force irrésistible la clouait sur place.

Elle fit un pas en direction de la porte mais la chambre d'Andrew était si encombrée qu'elle se trouva soudain tout près de Gabriel…

Si près qu'il ne put s'empêcher de percevoir le parfum frais, un peu entêtant, que l'huile de bain avait laissé sur sa peau.

Si près qu'il ne put s'empêcher de l'attirer à lui et de l'embrasser.

Même si, se dit-il, ce n'était pas vraiment un baiser, juste une bise amicale sur la joue pour la remercier de toute l'aide qu'elle lui avait apportée.

Poser ses lèvres sur la joue de Tess… Rien ne lui avait jamais semblé si simple et si facile.

Pourtant, il sentait qu'il lui aurait été plus facile encore de l'attirer à lui avant qu'elle ne franchisse le seuil de la chambre, de plonger ses doigts dans sa chevelure odorante et de laisser glisser doucement ses lèvres vers la bouche de la jeune femme.

Et peut-être aurait-il été plus facile encore de l'embrasser vraiment, de la façon qu'il n'avait cessé d'imaginer tout au long de cette soirée si sage.

Au fond, songea-t-il en reculant pour s'éloigner d'elle, ce baiser bref et impersonnel sur la joue n'était peut-être pas aussi simple et facile qu'il l'avait cru.

Le lendemain matin, tout allait mieux. Après une bonne nuit d'un sommeil sans rêves, Tess avait l'impression d'avoir dépassé la zone de turbulences. Elle avait fini par se persuader que tout son trouble était né des seuls propos de Bella.

Et si elle se rappelait parfaitement son émotion lorsque Gabriel lui avait dit bonsoir, elle préférait ne pas se demander si elle avait été déçue ou soulagée qu'il ne cherche pas à aller plus loin. A ce moment-là, elle en était convaincue, il s'était souvenu que leur relation était purement professionnelle et que l'intimité provoquée par la présence de Harry serait de courte durée.

Et naturellement, c'était très bien comme ça.

Pourtant, elle était désagréablement consciente qu'elle avait failli elle-même oublier cette évidence et elle se réjouissait de n'avoir pas été assez folle pour lui rendre son baiser. Maintenant qu'ils savaient tous les deux où ils en étaient, tout irait bien.

Aussi, pourquoi ne pas profiter tranquillement, paresseusement de ce dimanche ? Gabriel, levé le premier, avait déjà fait le café lorsqu'elle le rejoignit dans la cuisine, tenant Harry dans ses bras. Plus tard, après le déjeuner, ils lurent ensemble les journaux du dimanche dans une atmosphère familière et détendue puis Gabriel proposa de faire une promenade dans le parc voisin.

C'était un de ces jours d'automne frais et venteux où les feuilles mortes s'envolent en hauts tourbillons dorés le long des allées. Tess frissonna et releva le col de sa veste. A côté d'elle, Gabriel poussait le landau avec autant de détermination que s'il avait conduit une grosse voiture. Tout en observant son profil du coin de l'œil, elle songeait que tous les passants lui paraissaient, en comparaison, pâles et falots.

Il se mit brusquement à pleuvoir à verse et ils durent regagner la maison en toute hâte. En riant, ils atteignirent enfin la porte, courant sur les derniers mètres, à bout de souffle, heureux de retrouver la tiédeur du foyer. Le vestibule était si étroit que le landau le remplissait presque entièrement. Tout en essuyant son visage trempé par la pluie, Gabriel se tourna vers Tess pour commenter la situation d'un trait d'esprit mais les paroles qu'il s'apprêtait à prononcer moururent sur ses lèvres.

Le visage rosi par le froid et la course, les cheveux ébouriffés par le vent et semés de gouttes de pluie, Tess lui sembla resplendissante. Elle essayait vainement de reprendre son souffle et ses yeux noisette brillaient du rire qu'elle tentait de contenir. Mais son sourire se figea sur ses lèvres lorsqu'elle rencontra le regard de Gabriel.

Durant un court moment, ils sentirent renaître entre eux la tension presque palpable de la soirée précédente.

Elle rompit la première le silence :

— Je vais faire du thé, dit-elle en se faufilant derrière le landau pour regagner la cuisine où elle se sentait plus en sécurité.

Elle avait retrouvé son sang-froid lorsqu'elle revint dans le salon avec un plateau qu'elle posa sur la table basse. Gabriel tenait Harry sur ses genoux et tous deux la suivirent des yeux tandis qu'elle tirait les rideaux sur les fenêtres obscurcies par le crépuscule d'automne et s'agenouillait devant la cheminée pour allumer une flambée. Gabriel se surprit à trouver quelque chose d'apaisant aux lignes souples et gracieuses du corps de Tess.

A son tour, elle prit Harry pour l'amuser un moment avec les marionnettes qu'ils lui avaient achetées la veille. Il rit aux éclats en voyant le renard poursuivre le canard qui trouvait refuge derrière le bras de la jeune femme.

Absorbé dans sa contemplation de Tess, Gabriel se sentit envahi par un trouble profond.

— Mieux vaut ne pas trop s'attacher à lui, murmura-t-il. J'espère que sa mère va bientôt rentrer et le reprendre.

— Je sais.

Tess se pencha vers le bébé qui tentait d'attraper le renard de ses mains potelées.

— Je n'arrive pas à comprendre qu'elle ait pu le laisser, reprit-elle. Jamais je n'aurais pu faire une chose pareille !

— Victime de l'instinct maternel ? s'enquit Gabriel en haussant ironiquement un sourcil.

— Non, répondit-elle un peu trop vite. Harry est adorable en ce moment mais c'est moins drôle quand il faut le changer ou se lever au milieu de la nuit. Une rude tâche quand on est seul, je suis payée pour le savoir, moi qui ai élevé Andrew !

— Mais si vous aviez un bébé à vous, vous ne seriez pas toute seule.

— Ah bon ? C'est pourtant bien ce qui arrive trop souvent ! On pense qu'on est amoureuse et que tout est merveilleux — ça l'est effectivement pendant quelque temps — et on finit par se retrouver seule et il faut assumer parce qu'on n'a pas le choix !

Elle caressa la tête de Harry.

— C'est ce qui a dû arriver à Leanne. Peut-être est-ce pour ça qu'elle est partie.

Gabriel prit immédiatement la défense de son frère :

— Mais c'est elle qui a choisi de ne rien dire à Greg !

— Vous avez raison… Allez-vous le mettre au courant ?

— Je pense que c'est à la mère de Harry d'en décider.

— Mais si c'était votre enfant, vous voudriez savoir ?

Gabriel réfléchit.

— Je n'en sais rien. Probablement pas. Cela représente une telle responsabilité… Et la vie de famille se fonde sur une aptitude aux compromis dont je me sens incapable !

— Il n'y a pas que ça, tout de même !

— Et qu'y a-t-il d'autre, selon vous ?

— Je ne sais pas. La sécurité ? Le confort ? La confiance ? L'amour ?

— Ah, l'amour, reprit Gabriel sur un ton légèrement ironique. Mais on n'a pas besoin de se marier pour trouver l'amour!

— D'accord, mais dans ce cas-là, il faut voir combien de temps cela dure.

— Bien assez longtemps !

— Assez longtemps pour quoi ? Pour qu'on se lasse ? Dans ce cas, ce n'est pas de l'amour.

Il l'observa avec curiosité.

— Vous parlez d'expérience, me semble-t-il.

— Il m'est arrivé une fois de tomber amoureuse, dit-elle en détournant la tête. Oliver travaillait dans la même entreprise que moi. C'était mon premier emploi. Il était plus âgé que moi, très sûr de lui et en pleine ascension professionnelle. Je lui faisais totalement confiance ; alors, quand il m'a expliqué qu'il m'aimait mais qu'il fallait que nous soyons discrets à cause de sa situation, je l'ai cru.

Tout en l'écoutant, Gabriel suivait du regard la fine ligne de ses sourcils et sa chevelure qui tombait en vagues caressantes sur sa joue.

— J'étais très jeune, continua-t-elle, très jeune et très naïve. Jamais je n'aurais cru que la vraie raison qui le poussait à dissimuler notre relation, c'était qu'il était marié et que sa femme était une parente du patron.

Elle eut un sourire plein d'amertume.

— Naturellement, tout le monde a quand même fini par être au courant, reprit-elle. On ne peut jamais cacher ce genre de chose dans un bureau. Et ils avaient deviné bien avant moi qu'Oliver me laisserait tomber. Quand le directeur m'a convoquée, ils savaient tous ce qui allait se passer.

Le rouge lui monta aux joues au souvenir de cet entretien.

— C'était la première fois que j'entendais parler de la femme d'Oliver. Evidemment, j'ai dû quitter mon emploi tandis qu'il conservait le sien... J'ai juré alors de ne plus jamais mélanger mon travail et ma vie privée. Et j'ai tenu parole.

— Pourtant, en ce moment même...

Elle leva les yeux vers lui, décelant une note étrange dans sa voix.

— Que voulez-vous dire ?

— Je suis votre patron. Et pourtant, je suis là, chez vous...

— C'est complètement différent ! Notre relation reste purement professionnelle, comme elle l'a toujours été. Vous êtes là pour vous occuper de Harry, pas parce que vous en avez envie, ni parce que j'en ai envie. C'est un week-end de travail, un point, c'est tout.

7.

Gabriel fixait le feu rouge d'un œil agressif tout en tapotant nerveusement le volant. A ce train-là, ils n'arriveraient pas au bureau avant midi. Embarquer Harry dans la voiture avec armes et bagages avait pris un certain temps et voilà qu'ils étaient englués dans les embouteillages du lundi matin.

Il soupira, d'autant plus irrité qu'il sentait que, sur le siège arrière, Tess conservait son calme légendaire. Une demi-heure avant, alors qu'ils s'apprêtaient à quitter sa petite maison, il l'avait vue descendre l'escalier, impeccable dans un tailleur strict, les cheveux attachés en chignon, et il avait compris qu'elle reprenait ses distances. Certes, il n'aurait rien gagné, loin de là, à se compliquer la vie en entamant une liaison avec son assistante… Mais il ne supportait pas qu'elle ait pris l'initiative de cantonner leurs relations au plan professionnel.

Le feu finit par passer au vert et Gabriel redémarra en trombe pour s'immobiliser quelques mètres plus loin.

Depuis sa conversation de la veille au soir avec Tess, devant la cheminée, il se sentait insatisfait. Les mots qu'elle avait employés lui revenaient en tête : « Vous êtes là pour vous occuper de Harry, pas parce que vous en avez envie, ni parce que j'en ai envie. C'est un week-end de travail, un point, c'est tout. »

Son visage se crispait lorsqu'il y repensait. Envoûté par les flammes dansant dans la cheminée et par le sourire qui pétillait dans les yeux de la jeune femme, il avait oublié qu'il n'était là que pour s'occuper de Harry. Et lorsqu'elle lui avait froidement rappelé que leur relation restait purement contractuelle, il l'avait pris comme une gifle et s'était senti humilié.

Ces sombres ruminations ne pouvaient améliorer son humeur et quand ils arrivèrent enfin au bureau, il traversa la réception au pas de course, tenant le nouveau siège de Harry à bout de bras, et ne prit pas la peine de répondre au bonjour timide de l'hôtesse.

Tess, quant à elle, le suivait calmement, le bébé dans les bras.

Elle avait compris qu'il était dans un mauvais jour et avait d'abord tenté de faire comme si de rien n'était, espérant qu'il se calmerait. Mais maintenant, elle ne voyait pas pourquoi il se permettait de passer sa colère sur quelqu'un qui n'était pour rien dans cette affaire.

— J'ai l'impression que vous avez oublié quelque chose, lui murmura-t-elle alors qu'ils attendaient l'ascenseur.

— Quoi donc ?

— Vous m'avez fait une promesse, vendredi soir…

— Je ne vois pas de quoi vous voulez parler.

— Vous étiez désespéré, vous vous rappelez ? Vous avez juré de faire tout ce que je vous demanderais, et en particulier de vous montrer correct avec votre personnel.

Il eut un haussement de sourcils exaspéré.

— Et qu'est-ce que vous voulez que je leur fasse ? Que je leur distribue des rayons de soleil et des jours de congé en gambadant ?

— Vous seriez déjà sur la bonne voie si vous répondiez au moins lorsqu'ils vous disent bonjour, répliqua Tess, imperturbable. Je suppose que vous n'avez jamais encore remarqué l'existence d'Elaine ?

— Non, qui est-ce ?

— Cela fait six ans qu'elle exerce la fonction de réceptionniste dans cette entreprise et vous passez devant elle chaque jour depuis que vous travaillez ici. Vous pourriez au moins lui répondre !

Gabriel soupira ostensiblement avant de s'exécuter :

— Bonjour, Elaine.

— Bon… bonjour… monsieur S… Stearne, balbutia l'hôtesse.

— Comment allez-vous, aujourd'hui ?

— Très… bien, monsieur, je vous… remercie.

— Vous êtes contente ? lança-t-il ensuite à Tess.

Elle le toisa sans se démonter :

— C'est un début.

Les portes de l'ascenseur s'ouvrirent, révélant quelques employés dont les visages se figèrent, apeurés. Affichant un sourire contraint, Gabriel se força à les saluer l'un après l'autre. Un chœur de voix tremblotantes lui répondit. Tess se tenait à son côté, l'air très digne mais désagréablement consciente des regards entendus et des clins d'œil, qui s'échangeaient derrière leurs dos.

Elle se sentit soulagée d'échapper à cette curiosité lorsqu'elle referma la porte de son bureau et se retrouva seule avec Harry pendant que, dans la pièce voisine, Gabriel vaquait à ses propres affaires. Tout en organisant mentalement sa journée, elle installa le bébé dans son nouveau siège. Il tirait vigoureusement sur ses chaussettes, un large sourire aux lèvres. Tess regretta que son oncle ne fût pas dans d'aussi bonnes dispositions : elle l'entendait s'agiter à côté, tournant comme un ours en cage et claquant bruyamment les tiroirs.

En réalité, il avait bien du mal à se concentrer et quand Tess se présenta dans son bureau, quelques minutes plus tard, il la toisa, irrité, une fois de plus, par la redoutable efficacité de son assistante.

— Oui ? grogna-t-il.

Sans un regard pour lui, elle consulta ostensiblement son agenda.

— Vous avez deux réunions, l'une à 11 h 30 et l'autre à 15h, lui rappela-t-elle. Et John Dobbs désirerait vous voir un moment aujourd'hui au sujet de l'assurance.

— Proposez-lui 15 h 45.

— Je vous rappelle que vous êtes attendu à 16 heures au service des architectes.

— Annulez ce rendez-vous.

— Très bien.

Gabriel la fixa sans chercher à dissimuler son exaspération. Elle restait de marbre. Pourtant, il ne pouvait oublier ni son visage rayonnant à la lueur du feu de bois, ni ses jambes que sa robe de chambre avait fugitivement dévoilées, ni son sourire lumineux.

— Vous n'avez pas d'autres instructions à me donner pour l'instant ? demanda-t-elle.

« Mais si, eut-il envie de crier. Redevenez la Tess d'hier. Celle qui bafouillait en remuant la soupe. Celle qui courait sous la pluie. Celle qui faisait rire Harry aux éclats. Celle qui prenait de longs bains parfumés... »

— Non, rien d'autre, répondit-il sèchement.

— Désirez-vous une tasse de café ?

— Oui.

Elle leva ostensiblement un sourcil.

— Oui, s'il vous plaît, grommela-t-il.

La veille, c'est lui qui lui avait préparé son café, se rappela-t-il un peu plus tard, en détournant les yeux vers la fenêtre. Ils l'avaient pris en bavardant comme deux vieux amis. Naturellement, Tess avait tout oublié. Elle était bien trop occupée à jouer les assistantes modèles !

Cela contrariait beaucoup Gabriel de ne pas pouvoir s'empêcher de penser à elle. Rien ne la distinguait pourtant des autres secrétaires si ce n'est la faculté de le transformer en glaçon d'un simple regard. Alors, à quoi bon gaspiller un temps précieux à inventer n'importe quel prétexte pour franchir la porte de son bureau ? Comme s'il avait besoin d'entendre le son de sa voix...

C'était absurde.

La sonnerie du téléphone l'arracha à ses pensées.

— Vous avez Fionnula Jenkins en ligne.

Il crut déceler dans la voix de Tess une inflexion ironique qui le rendit furieux. A vrai dire, c'était la première fois qu'il accordait une pensée à Fionnula depuis trois jours...

— Pouvez-vous me la passer, si ce n'est pas trop vous demander ?

Tess lui refusa la satisfaction de faire le moindre commentaire, transféra la ligne et se contenta d'exprimer sa rage en raccrochant si violemment qu'elle fit sursauter Harry.

— Désolé, mon chou, murmura-t-elle en voyant la bouche du bébé se contracter en une moue d'inquiétude. Ce n'est pas ta faute si ton oncle est un vrai ours !

Et elle le prit dans ses bras pour un petit câlin.

— Oh, oh ! susurra une voix familière à son oreille.

Tess se résigna à laisser entrer Niles.

— Alors, voilà le rejeton du patron !

Ses yeux brillaient de curiosité.

— Il ne ressemble pas beaucoup à son papa, tu ne trouves pas ? poursuivit-il.

— Mais M. Stearne n'est pas son père, répliqua Tess.

— D'après ce qu'on m'a dit, c'est pourtant lui qui le garde… avec ton aide, je crois.

— Il s'agit d'une solution temporaire.

— Ah bon.

Niles la regarda avec suspicion.

— La vérité, c'est que tu as passé le week-end avec Stearne et le petit. Emma vous a vus tous les trois au supermarché.

Tess se dit qu'elle aurait dû s'en douter. Londres était censée être une grande ville mais quand on avait la moindre chose à cacher, on y était aussi en vue que sur une place de village.

— Je m'y attendais, répliqua-t-elle. Il se trouve que nous sommes allés faire quelques courses pour Harry. Dis aux autres de ne pas se monter la tête, tout ça ne cache aucun terrible secret. Harry est le neveu de M. Stearne et quant à moi, j'en profite pour arrondir ma fin de mois en jouant les nurses, voilà tout.

— Dommage ! J'aurais aimé t'entendre dire que tu avais court-circuité Fionnula Jenkins !

— Ce serait difficile.

— Ne te sous-estime pas. Dans le genre paisible, tu es vraiment très jolie et si tu détachais tes cheveux, tu pourrais faire la pige à cette pimbêche.

Tess se revit le dimanche, assise au coin du feu, les cheveux sur les épaules, tandis que Gabriel souriant faisait sauter Harry sur ses genoux.

— Eh bien, comme tu peux le constater, ma barrette est solidement fixée, reprit-elle tout en installant confortablement le bébé dans son siège. Et maintenant, que puis-je pour toi ?

— Je passais juste voir si tu avais eu le temps de penser à la soirée dont je t'ai parlé vendredi.

Cette conversation lui était absolument sortie de l'esprit et elle fut contrainte d'improviser :

— Je pourrais peut-être offrir deux heures de repassage...

— Tu es vraiment sinistre, Tess. Fais un effort !

— Je n'ai aucune idée. Aide-moi, je t'en prie.

— Il paraît que tu cuisines comme un chef, se hâta de répondre Niles qui n'attendait que l'occasion de lui venir en aide. Pourquoi pas, alors, un repas romantique pour deux ? Je suis sûre que tu feras monter les enchères ver-ti-gi-neu-se-ment !

— Accordé, acquiesça Tess, pressée de se débarrasser de lui.

— Tu es la meilleure ! s'exclama-t-il en l'étreignant amicalement juste au moment où Gabriel passait la tête hors de son bureau.

Ses traits se crispèrent tandis que Tess et Niles se séparaient prestement.

— Nous... nous évoquions la soirée du comité... au mois de novembre...

— Vraiment ? Je croyais que vous répétiez plutôt celle du 31 décembre, rétorqua Gabriel d'un ton sarcastique.

— Je dois maintenant retourner travailler, s'empressa de répondre Niles. A tout à l'heure, Tess, et merci pour ta promesse.

Tandis qu'il tournait les talons, Gabriel le fusilla du regard.

— Que fait-il à traîner par ici à tout bout de champ ?

Tess se refusa à répondre pour éviter toute discussion.

— Que puis-je pour vous ?

— Me réserver une table au Jardin d'Epicure. Je déjeunerai avec Fionnula pour rattraper le dîner de jeudi dernier, précisa-t-il.

Tess enrageait de penser que, ce soir-là, elle avait dû annuler sa sortie pour lui venir en aide alors que Fionnula s'était désintéressée de la question. Et maintenant, il suffisait qu'elle décroche le téléphone pour que Gabriel accoure au galop !

— Pour quelle heure ? demanda-t-elle.

— Midi et demi mais nous avons rendez-vous ici. Vous la ferez patienter si je sors un peu en retard de ma réunion, ajouta-t-il sur un ton que Tess jugea délibérément provocateur.

— Evidemment, monsieur Stearne, répondit-elle d'une voix parfaitement inexpressive.

— Gabriel !

— Evidemment, *Gabriel*.

Il la foudroya du regard avant de s'enfermer dans son bureau, furieux. S'il avait invité Fionnula à déjeuner, c'était uniquement afin de prouver à Tess que leur week-end n'avait rien changé pour lui.

Il était encore furieux lorsqu'il partit pour sa réunion et Tess se réjouit intérieurement de le voir s'éloigner. Au moins, elle allait pouvoir se mettre au travail sans avoir à le supporter en train de tourner en rond. Mais, en définitive, elle dut constater que ça n'allait guère mieux après son départ. Le bureau lui semblait vide et elle se surprit à guetter le bruit des portes de l'ascenseur qui auraient pu annoncer son retour.

Au grand étonnement de Tess, Fionnula arriva pile à l'heure. Elle s'immobilisa théâtralement dans l'encadrement de la porte en secouant sa fameuse chevelure rousse avant de demander de sa voix rauque si Gabriel était là. Elle n'avait pas pris la peine de se présenter, certaine, à l'évidence, que Tess saurait l'identifier.

Cette dernière hésita un instant avant de lui répondre avec un sourire poli :

— Je suis désolée mais il est encore en réunion. Il m'a demandé de vous transmettre ses excuses pour ce petit retard. Puis-je vous offrir un café ?

— Merci, ma chère, mais je vais attendre le déjeuner. J'espère qu'il a pu réserver dans un endroit agréable ?

— Au Jardin d'Epicure.

Tess avait dû batailler ferme pour obtenir une table dans un si bref délai.

— Oh ! Super, s'exclama Fionnula, ravie. Il sait bien que c'est mon lieu de prédilection.

En chair et en os, Fionnula, était encore plus belle qu'en photo, reconnut Tess. Son visage aux yeux d'un pur vert émeraude, sa peau laiteuse, sa silhouette étonnante rayonnaient de sensualité. Quant à son opulente chevelure auburn, elle semblait sculptée dans des copeaux de cuivre. A côté d'elle, Tess se sentait raide et incolore. Il ne fallait pas s'étonner que Gabriel ait fait des pieds et des mains pour obtenir ce nouveau rendez-vous.

Inexplicablement déprimée, elle se retrancha derrière son ordinateur mais, quelques instants plus tard, Fionnula découvrit Harry qui gigotait en gazouillant dans son siège.

— Oh, qu'il est adorable ! s'écria-t-elle en se baissant pour le prendre dans ses bras. Gabriel ne m'avait pas dit que tu étais un si mignon petit bonhomme, reprit-elle en lui chatouillant le cou de ses boucles cuivrées jusqu'à ce qu'il rie aux éclats en se tortillant comme un ver.

« Ah, les hommes ! Tous les mêmes ! » songea Tess, jalouse de voir que même Harry tombait dans le panneau.

C'est ce charmant tableau que découvrit Gabriel lorsqu'il surgit quelques minutes plus tard. Fionnula serrait contre sa poitrine Harry qui levait vers elle un petit visage plein d'adoration. Bien que Tess ait silencieusement formé des voeux pour qu'il régurgite sur la luxueuse veste de cachemire de la jeune femme, il s'était comporté en parfait gentilhomme.

Les yeux du bébé s'illuminèrent presque autant que ceux de Fionnula quand Gabriel apparut enfin.

Tess, quant à elle, leva à peine la tête de son clavier.

Serrant toujours Harry dans ses bras telle une Vierge de la Renaissance, Fionnula se dirigea vers Gabriel avec un sourire radieux.

— Te voilà, mon chéri.

Gabriel était presque sûr d'avoir vu les lèvres de Tess se crisper imperceptiblement. Enfin, elle réagissait ! Cela lui suffit pour éprouver un élan de gratitude vis-à-vis de Fionnula.

— Excuse-moi de t'avoir fait attendre, dit-il en l'embrassant. J'espère que Tess a bien pris soin de toi.

— Elle a été merveilleuse, murmura Fionnula qui l'avait absolument ignorée depuis qu'elle s'était emparée du bébé. Vous êtes un vrai trésor, ajouta-t-elle gracieusement en direction de Tess qui gardait le nez collé à son écran.

— Je vois que tu as fait la connaissance de Harry, reprit Gabriel.

— Ah ! Je suis absolument, absolument folle de lui, déclara-t-elle avec un rire perlé tandis que Harry nichait son visage au creux de son cou. Il est tout à fait mon type, lui aussi, n'est-ce pas, mon petit mignon ?

Elle posa sa main libre sur le bras de Gabriel et sourit tout en l'observant à travers ses longs cils.

Le regard de Gabriel croisa fugitivement celui de Tess à cet instant mais tous deux détournèrent la tête.

— Je crois qu'il faut que nous y allions, dit-il brusquement.

— Oh, je ne suis pas sûre de pouvoir supporter cette séparation ! protesta Fionnula. Ne pouvons-nous pas l'emmener ?

— Je crains que les enfants ne soient pas les bienvenus au Jardin d'Epicure.

Fionnula ne l'ignorait sûrement pas, se dit Tess. Si elle ne pouvait survivre sans Harry, elle n'aurait qu'à le faire manger dans sa propre assiette.

La belle rousse abaissa vers Tess ses immenses yeux émeraude :

— Dans ce cas, Tess, peut-être pourriez-vous… ? dit-elle en lui tendant le bébé comme à contrecœur

Tess enleva ses lunettes et se dressa pour prendre Harry :

— Je vais m'occuper de lui.

— Oh, un très grand merci, susurra Fionnula, comme si elle était responsable du bébé.

— Ne me remerciez pas, répondit-elle. M. Stearne me paie justement pour ça.

« M. Stearne me paie pour ça ». Gabriel imitait mentalement l'accent de Tess tandis qu'il attendait l'ascenseur, à côté de Fionnula. Dans son énervement, il regrettait déjà de l'avoir invitée…

Chez Epicure, s'apercevant qu'il consultait sa montre pour la troisième fois depuis le début du repas, il se demanda ce qui n'allait pas chez lui. Fionnula était belle, douée, sexy. Beaucoup d'hommes auraient payé cher pour être à sa place et ils n'auraient pas gâché ces minutes à comparer stupidement cette sirène avec leur secrétaire.

Mais c'était plus fort que lui. Fionnula était chaude comme la braise, Tess, fraîche et contrôlée. Fionnula était flamboyante, Tess, minutieuse. Fionnula était belle comme le jour et Tess… Eh bien, Tess était juste Tess.

Fionnula le désirait, mais Tess ne se souciait pas de lui.

Après le déjeuner, alors qu'il regagnait seul SpaceWorks, son regard fut attiré par une boîte de chocolats dans une vitrine. Quelques minutes plus tard, il la posait sans un mot sur le bureau de Tess qui avait passé sa pause-déjeuner à ruminer sombrement et ne se sentait pas au mieux de sa forme.

— C'est pour moi ? demanda-t-elle en se redressant.

— Vous m'avez bien dit que c'étaient vos préférés ? reprit-il, sur la défensive.

— Bien sûr… Mais pourquoi ?

— C'est pour vous remercier de prendre soin de Harry.

— Mais vous me payez pour le faire.

— Je ne l'ignore pas ; c'est un petit supplément, voilà tout. Je les ai vus dans une épicerie fine et j'ai pensé à vous…

Il s'arrêta, gêné d'en avoir dit plus qu'il ne le voulait. Il n'y avait pas de raison qu'un simple emballage fasse resurgir en lui l'image de Tess, assise sur le canapé de son appartement, sa chevelure dénouée sur les épaules, les yeux à demi fermés, se suçant le bout des doigts avec gourmandise.

Il haussa nerveusement les épaules.

— C'est quelque chose d'avoir à se justifier d'offrir une boîte de chocolats à son assistante ! grommela-t-il. Vous m'avez bien dit pourtant que je devais faire preuve de plus de considération !

C'était la vérité, elle le reconnaissait. Toutefois, elle n'avait pas deviné combien ce serait déstabilisant de voir Gabriel se comporter comme elle le souhaitait. On lui avait rarement offert un cadeau d'aussi mauvaise grâce mais elle s'en moquait. Il avait pensé à elle. Il s'était rappelé quels étaient ses chocolats préférés.

Et, surtout, il n'avait pas passé toute l'heure du déjeuner en compagnie de Fionnula.

— Merci, murmura-t-elle.

Gabriel hésita.

— Je sais que je peux me montrer désagréable, parfois.

« Parfois ? » pensa Tess.

— Oh, j'ai l'habitude, répondit-elle.

Elle s'éclaircit la gorge avant de formuler la demande qui lui trottait dans la tête.

— Pourrai-je partir un peu plus tôt, ce soir ? Je voudrais éviter de refaire le trajet dans les embouteillages avec Harry.

— Je peux vous reconduire, proposa-t-il.

— Non, répondit-elle trop vite, les yeux baissés sur ses dossiers, je veux dire… ce n'est pas indispensable. Je peux très bien prendre un taxi. Harry a parfaitement dormi la nuit dernière et je crois que je suis capable de me débrouiller toute seule.

Elle se força à sourire.

— Il faut bien que je mérite l'argent que vous me donnez ! Je suis sûre que vous avez mieux à faire, ce soir, que de changer des couches…

C'était précisément ce dont Gabriel cherchait à se persuader quelques heures plus tard alors qu'il faisait les cent pas dans son vaste appartement : il avait sûrement mieux à faire que de préparer des biberons !

N'était-il pas au faîte de sa réussite professionnelle ? Il venait de racheter une entreprise qui battait de l'aile et avait tout lieu de croire qu'il réussirait à la redresser et, par ce biais, à s'introduire sur le marché européen. Il gagnait beaucoup d'argent, possédait une voiture de grand luxe et un appartement magnifique. *Deux* appartements magnifiques, corrigea-t-il en se rappelant celui de New York. Il était jeune, libre et sortait avec une femme superbe. Qu'aurait-il pu vouloir de mieux ? Jouer à papa et maman avec sa secrétaire dans un petit pavillon de banlieue ?

Il parcourut des yeux son appartement qui lui parut bien froid et fronça les sourcils : il fallait absolument qu'il arrête de penser à Tess. Il ne voulait pas de complications de ce genre. Elle lui était indispensable dans le travail et, pas plus qu'elle, il ne croyait que vie professionnelle et vie privée faisaient bon ménage.

D'ailleurs, elle n'était pas son type, il n'était pas le sien et elle lui avait clairement fait comprendre qu'elle se trouvait très bien toute seule.

Tout comme lui, d'ailleurs.

Sur l'autre rive de la Tamise, Tess, de retour chez elle avec Harry, cherchait à se persuader qu'elle avait fait le bon choix.

Lorsque Gabriel était parti déjeuner avec Fionnula, elle était d'une humeur de chien. Mais quand il était revenu avec cette boîte de chocolats, sa rancune avait faibli pour laisser place à un sentiment bien plus dangereux, assez proche de l'affection. En définitive, elle avait trouvé plus sage de s'occuper seule de Harry, en dehors des heures de bureau.

Pourtant, l'absence de Gabriel la déstabilisait davantage que sa présence. Elle restait là, à tourner en rond, s'attendant presque à le voir surgir chaque fois qu'elle entrait dans une pièce. Elle ne pouvait poser la main sur un bouton de porte sans penser que c'était lui qui l'avait fixé de ses mains adroites, les mêmes mains qu'elle avait senties glisser un matin le long de son corps. A cette pensée, un étrange frémissement la parcourait tout entière.

Elle se dit qu'elle devenait vraiment stupide. Il était inévitable qu'une certaine intimité se soit provisoirement installée entre Gabriel et elle, compte tenu des circonstances, mais cela ne changeait rien. Assise au coin du feu, elle se rappelait que la veille, à cette même place, elle lui avait doctement expliqué l'importance de séparer vie professionnelle et vie privée. S'il était revenu chez elle aujourd'hui, elle aurait sans doute eu du mal à se montrer aussi convaincue...

Le lendemain, muni des maigres renseignements que Greg avait pu lui fournir, Gabriel contacta une agence de détectives privés pour retrouver au plus tôt la mère de Harry. Quelques jours passèrent sans qu'il obtienne aucun résultat concret et ils s'installèrent avec Tess dans de nouvelles habitudes.

Tous les matins, après le petit déjeuner, elle arrivait à SpaceWorks avec Harry. En général, le bébé était content de rester dans son siège ou de jouer par terre sur son tapis. Tous ceux qui passaient dans le bureau étaient aux petits soins pour lui et Tess se réjouissait que Harry n'en soit pas au stade de ramper partout car il était encore assez facile à surveiller.

Quand il s'ennuyait, elle le prenait sur ses genoux pour un petit câlin et le laissait tapoter sur le clavier ou inspecter son matériel de bureau qu'il essayait toujours de suçoter.

Téléphoner posait problème et elle s'arrangeait pour effectuer le gros de son travail lorsque le bébé dormait. Les autres secrétaires acceptaient de lui donner un coup de main et, en cas d'urgence, il arrivait à Gabriel de lui dicter une lettre en tenant Harry dans ses bras. Mais, dans ces moments-là, elle avait bien du mal à se concentrer…

Elle s'était pourtant efforcée d'enfouir dans un recoin obscur de sa mémoire le souvenir de leur réveil côte à côte. Rien n'y faisait.

Quant à Gabriel, il semblait mettre un point d'honneur à se montrer aussi exigeant et désagréable que d'habitude. Il ne baissait sa garde que devant Harry, et encore, quand il pensait que personne ne l'observait. En revenant à l'improviste dans le bureau, Tess le surprit plus d'une fois à faire des risettes au bébé ou à chatouiller son petit ventre rond. Quand elle toussotait pour marquer sa présence, Gabriel faisait comme si de rien n'était avant de dissimuler sa gêne sous une brusquerie affectée.

Ainsi, quelques jours après son arrivée à SpaceWorks, Harry faisait partie de la maison et Tess avait oublié qu'elle avait pu travailler des heures de suite sans avoir à s'interrompre pour le nourrir, le changer ou tout simplement le câliner.

Le jeudi suivant, en fin d'après-midi, elle le tenait contre sa hanche tout en cherchant d'une main un document dans un classeur suspendu lorsque le téléphone sonna. C'était Elaine, la standardiste :

— Une certaine Leanne Morrison attend à la réception. Elle veut voir M. Stearne et prétend que c'est urgent.

Tess ressentit une curieuse impression, se croyant un instant revenue exactement le vendredi précédent, à la même heure.

— Envoyez-la-moi, répondit-elle lentement.

Elle frappa à la porte de Gabriel et passa la tête dans l'entrebâillement.

— Qu'est-ce qu'il y a ? lança-t-il d'un ton particulièrement hargneux.

— La mère de Harry est dans l'ascenseur.

Il la fixa, incrédule.

— Mais pourquoi l'agence ne nous a-t-elle pas prévenus qu'ils l'avaient retrouvée ?

— Parce que ce n'est sans doute pas le cas. Je crois plutôt que c'est elle qui nous a retrouvés.

8.

Leanne ne correspondait pas vraiment à l'idée que Tess se faisait d'une femme croupier. Sa chevelure blonde retombait en boucles légères sur ses épaules et son visage marqué par l'angoisse était empreint d'une douceur naturelle. Hésitant sur le seuil du bureau, elle aperçut immédiatement le bébé dans les bras de Tess.

— Harry ! s'écria-t-elle d'une voix tremblante.

La gorge de Tess se serra tandis que le petit visage du bébé s'illuminait à la vue de sa mère. Leanne s'empara de son fils, répétant son nom encore et encore, oubliant le reste du monde.

Il s'écoula un certain temps avant qu'elle s'adresse à Tess, des sanglots dans la voix :

— Pardonnez-moi ! Lorsque maman m'a mise au courant de ce qu'elle avait fait, j'ai pris le premier avion ! J'étais malade de peur qu'il ne soit plus ici, continua-t-elle en serrant le bébé de toutes ses forces.

Tess la rassura :

— Il est en pleine forme.

— Je le vois bien.

Leanne lui adressa un timide sourire.

— Jamais je n'aurais dû le laisser, je le sais, mais j'avais besoin de cet argent et c'était seulement l'affaire de six semaines… Je ne peux pas croire que maman ait agi comme elle l'a fait. Elle n'avait pas le droit d'aller trouver Gabriel !

Debout sur le seuil de son bureau, celui-ci avait assisté à ces retrouvailles en affectant une parfaite indifférence.

— Je suis Gabriel, déclara-t-il, impassible.

Leanne se tourna vers lui sans comprendre.

— Je regrette, je voulais dire Gabriel Stearne.

— C'est bien moi.

Il lui expliqua alors la supercherie de Greg en veillant à ne pas trop accabler son frère, mais Leanne, qui devait s'être déjà fait une opinion sur le personnage, ne sembla guère étonnée.

— Greg ne sait toujours rien de Harry, précisa-t-il. J'ai pensé que c'était à vous de le mettre au courant.

— J'aurais dû le faire depuis longtemps mais j'avais l'impression qu'il préférerait ne rien savoir. Sur le bateau, il était charmant et drôle, mais je voyais bien qu'il se refusait à prendre quoi que ce soit au sérieux. C'est moi qui ai choisi de faire naître Harry, pas lui. Ça m'a donc semblé déloyal d'exiger qu'il se sente responsable de ce petit bout de chou !

Ses yeux pleins de remords allaient de Tess à Gabriel.

— Et du coup, c'est vous qui avez assumé cette responsabilité à sa place… J'en suis désolée…

— Mais nous l'avons fait de bon cœur ! s'écria Tess. Harry était adorable et il va nous manquer, n'est-ce pas ? ajouta-t-elle en jetant un coup d'œil à Gabriel.

Il croisa son regard. Tout comme Leanne, elle était au bord des larmes.

— C'est vrai, acquiesça-t-il après un court silence. Mais vous avez l'air épuisée, Leanne. Je vais vous raccompagner chez Tess où vous prendrez les affaires de Harry et je vous ramènerai chez vous avec lui.

Quand ils furent tous les quatre chez Tess, celle-ci jugea Leanne trop fatiguée par le décalage horaire pour rester seule avec le bébé cette première nuit et insista pour la garder chez elle ainsi que Harry.

— Vous dormirez dans la chambre d'amis et vous rentrerez chez vous demain.

— Je vous enverrai une voiture, déclara Gabriel, visiblement satisfait d'avoir réglé ce problème. Je retourne au bureau, lança-t-il à Tess.

Leanne parut surprise :

— Vous ne restez pas là ? s'enquit-elle, englobant dans un même geste Gabriel et Tess.

— Non, s'écrièrent-ils tous deux d'une seule voix.

Les joues de Tess devinrent cramoisies et elle s'empressa de reconduire Gabriel à la porte.

— A demain, lui dit-elle d'une voix guindée.

Quand elle revint dans le salon, Leanne se confondit en excuses :

— J'ai cru que vous viviez ensemble, expliqua-t-elle. Je suis désolée mais c'est la façon que vous avez de vous regarder…

Tess sourit avec affectation.

— Il n'y a rien de ce genre entre nous. Il est mon patron, c'est tout.

Le lendemain matin, Tess trouva que Gabriel avait l'air plus détendu.

— Je me suis arrangé pour que vous touchiez vos heures supplémentaires en même temps que votre salaire de ce mois-ci, lui annonça-t-il sans préciser qu'il avait doublé le montant des dites heures. Ce soir, je vais partir aux Etats-Unis voir mon beau-père, mais je serai de retour mercredi prochain et nous pourrons alors sans doute reprendre notre rythme normal.

Le lundi suivant, au bureau, Tess retrouva sa routine et sa pleine efficacité mais, après un week-end passé en solitaire, elle se sentait un peu déprimée.

« C'est Harry qui me manque », se dit-elle, le soir venu, sans vouloir envisager que l'absence de Gabriel puisse y être pour quelque chose.

Toute la journée, les gens étaient passés la voir en se félicitant de l'absence du patron.

— C'est bien plus calme quand il n'est pas dans les parages, tu ne trouves pas ?

Elle ne pouvait que leur donner raison alors qu'en fait, elle ne se sentait pas plus tranquille, mais irritable et sur les nerfs. Gabriel lui avait promis de l'appeler de New York et elle sursautait à la moindre sonnerie.

Au lieu de téléphoner, il lui adressa un e-mail pour l'avertir qu'il ne rentrerait pas avant le lundi suivant.

— Tu dois savoir pourquoi, insinua Niles quand il apprit la nouvelle.

— Il a des affaires à régler à New York, répliqua Tess.

— Et une de ses affaires a des yeux verts et une longue chevelure rousse.

— Qu'est-ce que tu veux dire ?

— Tu ne lis jamais la rubrique « people » du journal, Tess ? Fionnula Jenkins est à New York en ce moment même et je suppose que notre cher Gabriel tient à rester dans la course... Si tu l'as au téléphone, rappelle-lui qu'il s'est inscrit pour notre soirée, s'il te plaît, continua-t-il, sans remarquer la pâleur subite de Tess. On compte sur lui.

Quand Gabriel finit par rentrer à Londres, quelques jours plus tard, Tess se montra d'une froideur de glace. Il fit comme s'il ne remarquait rien mais son humeur était exécrable.

Sans doute Fionnula lui donnait-elle du fil à retordre, se disait Tess pour qui cette relation représentait un surcroît de travail. Il fallait sans cesse envoyer des fleurs, réserver une table dans un restaurant huppé, louer la limousine qui les emmènerait d'une réception à l'autre. Tess avait du mal à imaginer que le Gabriel qu'elle connaissait, sombre et irascible, puisse s'adapter à ce monde de paillettes, de ragots et d'esbroufe.

Elle était sûre qu'il était plus à l'aise dans d'autres circonstances — quand ils avaient couru sous la pluie dans le parc près de chez elle, par exemple. Parfois, elle repensait à ce week-end en se demandant si elle n'avait pas rêvé. Gabriel, de son côté, semblait avoir complètement oublié qu'il avait bricolé dans sa maison, joué avec Harry et offert une boîte de chocolats.

Pour la première fois, Tess se sentait insatisfaite, indifférente à son efficacité retrouvée et malheureuse de regagner le soir une maison vide. Elle avait gardé le contact avec Leanne et prenait plaisir à suivre, par son intermédiaire, les progrès du bébé. Mais cela ne lui suffisait plus. Elle avait envie de sortir et de s'amuser.

Aussi, lorsque son ancien patron, Steve Robinson, l'appela un soir pour lui proposer de l'emmener dîner, elle sauta sur l'occasion.

— Mettez-vous sur votre trente et un, lui recommanda-t-il. Ce sera très classe.

— Et en quel honneur ?

— J'ai une proposition à vous faire.

Il ne voulut rien lui dire de plus mais Tess le prit au mot et se décida à étrenner une robe achetée en solde. Un peu moulante, celle-ci était d'un brun doré qui mettait en valeur ses yeux noisette et sa peau claire.

Tess dénoua ses cheveux sur ses épaules et enfila une paire de chaussures aux talons vertigineux dans lesquelles elle était incapable de marcher plus de quelques mètres.

Quand il la vit, son ancien patron lança un sifflement admiratif qui lui mit du baume au cœur après une semaine où Gabriel ne lui avait témoigné qu'indifférence et maussaderie. Dieu merci, Steve était venu avec un taxi qui devait les déposer devant le restaurant.

— Quel luxe ! Où allons-nous dîner ? demanda-t-elle.

— Au Jardin d'Epicure, ma chère.

— Heu… C'est merveilleux !

Hélas, elle avait pris en grippe jusqu'au nom de ce restaurant qui était le préféré de Fionnula. Enfin, au moins était-elle sûre de ne pas l'y rencontrer ce soir-là puisque, quelques heures plus tôt, Gabriel lui avait sèchement ordonné de réserver une table ailleurs.

— J'ai pensé que ça vous plairait, dit Steve. J'ai voulu sortir le grand jeu.

Epicure avait une telle réputation que Tess s'attendait presque à ce qu'on les refoule à l'entrée sous prétexte qu'ils n'étaient ni assez beaux ni assez célèbres. Ce ne fut pas le cas. Au contraire, un très aimable maître d'hôtel les accueillit cérémonieusement et les conduisit à une table un peu à l'écart dans la salle à manger où se confondaient l'odeur de l'argent et les parfums de la séduction. Tess se sentait mal à l'aise à l'idée de ce que le dîner allait coûter.

— Quelle décoration magnifique ! dit-elle en s'installant à table, souriante malgré tout.

Un serveur vint leur présenter le menu et, après de nombreux salamalecs, s'éloigna, dévoilant, assis à une table proche, un homme dont les yeux croisèrent les siens.

C'était Gabriel.

Tess crut que son cœur allait s'arrêter de battre. Elle se sentait paralysée, comme transpercée par ce regard à la fois brûlant et glacé. Tout ce qu'elle put faire fut de fixer Gabriel à son tour, comme si les autres convives s'étaient soudain effacés, les laissant seuls derrière un mur invisible de silence.

La voix de Steve finit par la ramener à la réalité :

— Vous allez bien ? lui demanda-t-il, inquiet.

— Oui, parfaitement bien.

Pourtant ses mains tremblaient quand elle se pencha sur le menu pour dissimuler son trouble.

Elle essaya de se concentrer : Steve dépensait un argent fou pour lui offrir une soirée exceptionnelle et elle ne voulait pas qu'il soit déçu.

Tout en s'efforçant de sourire, elle gardait les yeux fixés sur le visage de son ancien patron qui lui parlait de l'entreprise dans laquelle il travaillait maintenant mais elle ne pouvait s'empêcher d'apercevoir, derrière lui, le dos nu de Fionnula, d'entendre son rire cristallin, de remarquer ses poses sophistiquées. Gabriel était assis face à elle, l'air plus sombre que jamais. Tess suivait chacun de ses mouvements tout en faisant mine de s'intéresser à ce que disait Steve. Elle mit un moment à comprendre que ce dernier lui proposait un nouvel emploi.

— J'avais une proposition à vous faire, lui rappela-t-il.

— Mais… N'avez-vous pas déjà une assistante ? répondit Tess en regrettant de ne pas avoir prêté plus d'attention à ses propos.

Steve la regarda d'un air étonné.

— Il ne s'agit pas d'un poste d'assistante, reprit-il patiemment. Vous pouvez faire bien mieux que ce travail et c'est le moment de prendre un peu d'envergure. Il nous manque un directeur administratif. Ce poste vous irait comme un gant.

Il y eut un silence.

— Dès que j'ai eu cette information, reprit-il, j'ai tout de suite pensé à vous. Je sais que vous n'êtes pas ravie de travailler pour Gabriel Stearne. C'est l'occasion rêvée de changer d'emploi !

Tess se mordit la lèvre. Elle avait proclamé haut et fort qu'elle détestait Gabriel et qu'elle quitterait SpaceWorks dès qu'elle le pourrait. Mais c'était faux.

Malgré elle, elle jeta un coup d'œil par-dessus l'épaule de Steve et ses yeux croisèrent de nouveau ceux de Gabriel.

Elle comprenait enfin qu'elle ne voulait pas le quitter.

Cette découverte la bouleversa. Pourquoi ne s'était-elle pas rendue plus tôt à l'évidence ? Pourquoi ne continuait-elle pas à le détester comme naguère ? Tout aurait été tellement plus simple !

— Eh bien, qu'en dites-vous ? reprit Steve.

— Je… Je dois réfléchir.

Elle le sentit si déçu par son manque d'enthousiasme qu'elle réussit à feindre la gaieté et se lança dans un bavardage faussement enjoué jusqu'à la fin du dîner. Elle ne ménagea pas ses remerciements, s'émerveillant de la qualité de la cuisine et de la présentation raffinée des plats, alors qu'on aurait pu aussi bien lui servir du thon en boîte tant elle était distraite.

De son côté, Gabriel ne faisait guère honneur, lui non plus, aux dernières innovations de la gastronomie londonienne. Quand Tess était arrivée, moulée dans la robe dorée qui illuminait son visage, il avait failli ne pas la reconnaître. Il l'avait vue en tailleur, en jean, même en nuisette de soie ; il la découvrait maintenant en robe du soir et il se sentait incapable de détacher son regard d'elle.

Elle était sublime…

Il la fixa d'un air rancunier. Pendant qu'il était aux Etats-Unis, il avait essayé de l'oublier de toutes ses forces, restant à New York plus que nécessaire, sortant assidûment avec Fionnula.

A son retour, Tess lui avait paru plus froide que jamais et il avait réussi à se convaincre que l'histoire de Harry n'avait été qu'un rêve, tout comme la vision de la femme chaleureuse et vibrante qui se cachait derrière sa glaciale assistante. Et voilà qu'en entrant chez Epicure, Tess avait détruit tous ces efforts !

Tous les hommes de l'assistance n'avaient d'yeux que pour elle mais elle ne s'intéressait qu'à Steve Robinson dont Gabriel se souvenait parfaitement. Le fameux Steve, le patron préféré de Tess, cet « homme adorable » !

Etait-elle amoureuse de lui ? Sans doute, à en croire la façon dont elle buvait ses paroles et riait au moindre de ses propos.

Gabriel eut envie de le prendre à la gorge.

Il se hâta de signer la note pendant que Fionnula passait de table en table, tout à ses embrassades mondaines.

— On s'en va, lui dit-il sèchement en la poussant vers la porte.

Le lendemain matin, il arriva à SpaceWorks absolument déterminé à ne faire aucune allusion à leur rencontre. Il ne se souciait pas de ce que Tess faisait en dehors du travail ni de qui elle voyait. Et lorsqu'il la convoqua dans son bureau, pour lui dicter une longue suite de notes et de lettres, il se félicita secrètement de sa feinte indifférence.

Tandis que le stylo de Tess courait sur son bloc, il arpentait la pièce, débordant d'énergie. Il finit pourtant par s'arrêter face à la fenêtre, les mains dans les poches.

— Je ne savais pas que vous étiez toujours en relation avec Steve Robinson, dit-il, incapable de se maîtriser plus longtemps.

— Je n'ai pas à vous informer de ce que je fais et de qui je vois pendant mes loisirs, répliqua-t-elle.

— Il vous emmène souvent dans des endroits comme Epicure ? demanda-t-il en se retournant.

— Pourquoi ? Le règlement du restaurant en interdit l'accès aux secrétaires ?

— Non, bien sûr. J'ai seulement été surpris de vous y voir.

— Pas autant que moi ! Je vous avais réservé une table au Dorchester.

— C'est Fionnula qui a changé d'avis. Elle connaît le directeur et il lui a trouvé de la place au dernier moment.

— C'est bien pratique, répondit-elle tout en pensant avec amertume au temps qu'elle avait perdu récemment à appeler pour réserver chez Epicure.

Gabriel commença à faire les cent pas dans le bureau.

— Il est marié ?

— Qui ? Steve ?

— Oui, Steve.

— Pourquoi me posez-vous cette question ? s'enquit Tess.

— Il a l'allure d'un homme marié.

— Eh bien, il se trouve qu'il est divorcé, répliqua-t-elle, glaciale. Et cela ne vous regarde pas.

— Je croyais que vous teniez à séparer travail et vie privée ?

— C'est ce que je fais. Je ne travaille plus avec lui depuis longtemps.

— Non, mais vous travaillez pour moi et j'espère que vous vous abstenez de lui révéler la moindre information dans le feu de l'action. N'oubliez pas que son entreprise est notre concurrente directe !

Elle le fusilla du regard.

— Sachez que nous avons mieux à faire que de parler travail quand nous sommes ensemble !

Mais ce n'était pas exactement ce que Gabriel avait envie d'entendre.

Quelques jours plus tard, alors qu'il arrivait au travail par un sombre matin de novembre et passait par le bureau de Tess, Gabriel eut la surprise de la trouver en train de suspendre soigneusement sur un cintre la fameuse robe dorée

— Encore de sortie ce soir ! lança-t-il ironiquement.

— C'est la soirée du comité d'entreprise, répondit-elle en enlevant son manteau. Nous sommes censés tous nous retrouver à 19 heures à l'hôtel où est organisée la vente aux enchères. Comme je n'ai pas le temps de rentrer chez moi, j'ai apporté ce qu'il faut pour me changer ici.

Elle l'observa du coin de l'œil pour essayer d'évaluer son humeur du jour. A certains moments, il donnait l'impression de vouloir la mordre et l'instant d'après, il la regardait avec une expression bizarre qui la laissait profondément troublée.

Mais que dire de sa propre attitude ? Steve lui offrait la chance de sa vie et elle ne se décidait pas à lui donner de réponse !

Enfin, il y avait un travail fou au bureau et quoi qu'on puisse reprocher à Gabriel, au moins, on ne s'y ennuyait jamais. Il générait autour de lui un tourbillon d'activités et d'idées qui compensait presque ses sautes d'humeur.

— Ah, oui. Je ne suis pas obligé d'y aller, n'est-ce pas ? s'enquit-il avec quelque inquiétude.

— Ce serait pourtant un geste sympathique de votre part. D'ailleurs, vous vous y étiez engagé.

— Je n'avais rien promis !

Tess savait très bien que Niles comptait sur la présence du patron de Spaceworks.

— Si, si. Rappelez-vous : vous étiez assis sur mon canapé et vous vous êtes engagé à assister à la soirée si je vous aidais à vous occuper de Harry ! Et je l'ai fait.

— Bon. Mais vous auriez pu me le rappeler plus tôt.

— Cela figure sur votre agenda et je vous l'ai encore précisé avant-hier par e-mail.

Il lui jeta un coup d'œil agacé.

— Qu'est-ce que j'aurai à faire ?

— Je n'en sais rien. Niles attend sûrement que vous signiez un chèque. Tout ce qu'on vous demande, c'est d'être là et de pousser généreusement les enchères. Essayez d'être détendu. C'est l'occasion de mieux connaître votre équipe ! Pour le moment, ils sont encore morts de peur quand ils vous voient.

« Toujours le grand méchant loup », se dit Gabriel en laissant tomber un dossier sur le bureau de Tess où il résonna avec un bruit sinistre.

— Vous avez gagné : j'irai. Mais il faut que vous m'achetiez une chemise ; j'ai des rendez-vous toute la journée et je déjeune avec un banquier. Vous vous souvenez de ma taille d'encolure ?

Il était 18 heures passées lorsque Gabriel sortit, épuisé, de sa dernière réunion et pénétra dans le bureau de Tess. Tout le personnel était déjà en route pour l'hôtel.

Désagréablement consciente qu'ils étaient désormais seuls dans l'immeuble, Tess prit sa robe dans son placard pour aller se changer.

— Vous pouvez utiliser ma salle de bains, lui proposa Gabriel qui semblait pourtant absorbé dans la lecture d'un rapport.

— Merci.

« C'est vraiment plus confortable que les toilettes du personnel », se dit-elle en enfilant sa robe.

Elle se souvint que c'était là que Gabriel et elle avaient changé Harry pour la première fois, un certain jeudi soir. Comme cela semblait loin, maintenant !

Mais ce souvenir resurgissait sans cesse tandis qu'elle se maquillait et enfilait ses inconfortables escarpins. Elle brossa son épaisse chevelure et jeta un coup d'œil critique à son reflet ; elle se trouva l'air préoccupé et tendu comme si elle partait pour un rendez-vous dont dépendait tout son avenir. Avant de sortir elle rattacha impulsivement ses cheveux. Coiffée ainsi, elle avait toujours l'impression de mieux pouvoir se contrôler.

Elle ouvrit la porte et se trouva nez à nez avec Gabriel qui, en T-shirt dans son bureau, enfilait la classique chemise bleue qu'elle était allée lui acheter à l'heure du déjeuner. Quand il l'aperçut, ses mains se figèrent et il y eut un lourd silence.

— Excusez-moi, murmura Tess en détournant les yeux.

— Je vais me rafraîchir, j'en ai pour un instant. Prenez quelque chose en m'attendant, dit-il en désignant le bar qui occupait un angle de la pièce.

Sur ce , il passa dans la salle de bains.

Pour se donner une contenance, Tess se servit un verre de vin. Son cœur battait la chamade et sa peau frissonnait d'un mélange d'agacement et d'excitation.

Elle sursauta en entendant la porte s'ouvrir et faillit renverser du vin sur sa robe.

— La chemise que vous m'avez achetée, dit Gabriel en tendant les bras, il lui faut des boutons de manchettes.

— Mon Dieu ! Vous n'en avez pas, ici ?

Elle se sentait prise en faute.

— Non, nous n'aurons qu'à en acheter sur le trajet.

— Nous n'avons pas le temps, nous sommes déjà en retard, lui fit-elle remarquer.

— Je ne peux quand même pas y aller comme ça !

— J'ai une idée, dit-elle en chaussant ses lunettes et en se précipitant dans son bureau d'où elle revint avec une aiguillée de fil bleu. Ça devrait tenir et c'est toujours mieux que rien...

Résigné, il lui tendit un poignet et elle se mit immédiatement à l'œuvre.

Mais elle n'arrivait pas à se concentrer, troublée par la proximité du corps de Gabriel.

Tandis qu'elle se penchait vers lui, il frémit, imaginant qu'il détachait sa barrette et plongeait les mains dans sa chevelure odorante.

« Du calme, se dit-il. Tess est ton assistante et ni elle ni toi ne croyez à l'amour au bureau ! »

Mais au fond pourquoi ne pas envoyer au diable le comité d'entreprise, sa fête et ses stupides enchères et entraîner Tess vers le canapé qui semblait leur tendre les bras.

— Eh bien, je crois que j'ai terminé, s'écria-t-elle, soulagée.

Elle leva les yeux et leurs regards se rivèrent l'un à l'autre, longuement. Autour d'eux, l'air semblait vibrer d'une tension sensuelle exacerbée.

Tess, incapable de détourner la tête, cherchait désespérément une phrase qui lui permette de rompre le silence.

« Il va m'embrasser », pensa-t-elle, sans savoir comment elle réagirait s'il en prenait l'initiative.

Très lentement, les bras de Gabriel remontèrent vers son visage et elle crut un instant, avec un mélange d'anxiété et de désir, qu'il allait l'attirer contre lui. Mais il n'en fit rien : effleurant au passage la courbe de sa joue, il se contenta d'ôter sa barrette et sa chevelure coula doucement sur ses épaules.

— Je trouve que cette robe vous va bien quand vos cheveux sont détachés.

— Je crois que nous ferions mieux d'y aller, répondit-elle sans autre commentaire.

Elle rangea la barrette dans son sac. De toute façon, elle n'avait plus le temps de renouer ses cheveux et, d'ailleurs, ses mains tremblaient si fort qu'elle n'aurait pas pu y parvenir.

La soirée battait déjà son plein lorsqu'ils arrivèrent enfin à l'hôtel. Niles poussa un soupir de soulagement en les voyant. Il était installé derrière une table dressée sur une estrade d'où il expliquait le système d'enchères à un groupe de joyeux drilles qui venaient de faire un petit tour au bar.

— Bon, maintenant que nous sommes au complet, s'écria-t-il, et que tout le monde est encore assez lucide pour signer un chèque, nous allons commencer. Voici donc le numéro 1, un billet signé de John qui propose un après-midi de jardinage. Nous allons procéder au tirage au sort…

Gabriel ne l'écoutait plus. Il suivait des yeux Tess qui l'avait quitté dès qu'ils étaient entrés pour aller retrouver un groupe de secrétaires. Dire que quelques minutes plus tôt il avait failli la prendre dans ses bras, certain qu'elle ne le repousserait pas !

Dieu merci, il s'était abstenu… Il était toujours sorti avec des femmes comme Fionnula, qui connaissaient le jeu et en appliquaient les règles, sans demander l'impossible. Avec elles, on savait où on allait ! Mais Tess était différente : elle exigeait qu'on s'engage et qu'on tienne ses promesses. C'était bien le piège le pire dans lequel il aurait pu tomber !

Il s'empara de son téléphone mobile, hésitant à appeler Fionnula avant de s'éclipser discrètement. Mais les enchères étaient lancées et, dans le silence qui régnait, cela lui parut impossible. Il téléphonerait plus tard.

A sa table, Niles brandit son marteau.

— … Cinquante livres deux fois… Cinquante livres trois fois… Adjugé !

Une salve d'applaudissements lui répondit.

— Continuons. Voici le numéro 10, une proposition bien intéressante : un dîner romantique en tête à tête cuisiné par Tess Gordon. Elle ne précise pas si l'une des deux têtes est la sienne, mais de toute façon, c'est une offre exceptionnelle et nous débuterons à vingt-cinq livres pour ce billet…

— Trente livres, cria une voix dans l'assistance.

Durant quelques minutes, on n'entendit plus que des voix masculines qui se succédaient pour enchérir. Pourquoi tous ces hommes avaient-ils donc tant envie de dîner avec Tess ? se demanda Gabriel. Ce procédé le révulsait.

— Cent livres à ma droite, s'écria solennellement Niles. Le record de notre soirée. Bravo, Graham ! Mais on peut faire mieux encore ! Qui va monter jusqu'à cent dix livres ?

Gabriel sentit sa main se lever comme malgré lui :

— Mille livres, lança-t-il.

Tous les regards s'étaient tournés vers lui.

Niles leva son marteau.

— Nous disons donc mille livres. A ce prix-là, ma petite Tess, j'espère que tu es un vrai cordon-bleu ! Mille livres une fois… deux fois… trois fois… Personne ? Adjugé ! Le billet de Tess revient donc à M. Stearne.

9.

Un délire d'applaudissements mêlé de sifflets et de joyeux commentaires répondit au coup de marteau de Niles. Tandis que celui-ci annonçait une pause et invitait l'assistance à le rejoindre au bar, Tess, affectant la plus parfaite indifférence, s'approcha de Gabriel.

— C'était peut-être un peu théâtral, vous ne trouvez pas ? dit-elle du bout des lèvres.

Gabriel, qui ne comprenait toujours pas quel démon l'avait poussé à enchérir, crut bon de dissimuler son trouble sous une arrogance glaciale :

— Je croyais que le but de cette mascarade était de récolter de l'argent pour une bonne œuvre, répliqua-t-il.

— Sans doute, mais inutile de faire preuve d'une telle ostentation. Personne ne pouvait rivaliser avec vous et vous avez gâché le plaisir de toute l'équipe en leur faisant bien sentir que vous déteniez le pouvoir et l'argent !

— Je vous rappelle que vous m'avez expressément recommandé de me montrer généreux ! Et je me soucie comme d'une guigne de faire laver ma voiture par une blonde en Bikini…

— Je ne vois pas ce qu'un dîner romantique peut vous apporter de plus, rétorqua-t-elle.

— Eh bien figurez-vous que Fionnula en a un peu assez d'aller au restaurant et elle me disait justement l'autre jour que son rêve serait de passer une soirée tranquille à la maison en amoureux.

Tess se raidit, outrée. Une heure plus tôt, elle était sûre qu'il avait failli l'embrasser — elle l'avait lu dans ses yeux — et voilà qu'il exigeait qu'elle se mette au service de Fionnula !

— Je ferai comme il vous plaira, répliqua-t-elle en composant mentalement un repas froid qui lui éviterait d'assister à cette soirée tout en tenant ses engagements.

Il mit la main à sa poche.

— Vous croyez que je peux signer le chèque et filer ?

— Mais *votre* billet n'a pas encore été mis aux enchères, répondit Tess avec un petit sourire.

Gabriel se précipita sur Niles pour essayer de savoir ce qui avait été inscrit sur le fameux papier mais celui-ci put seulement lui dire qu'il était le dernier sur la liste.

— Vous ne pouvez pas nous quitter si tôt, monsieur. Nous comptons sur votre présence.

— Et en quel honneur ?

— C'est une surprise mais je suis sûr qu'elle va vous plaire.

Gabriel dut se résigner à attendre, un peu anxieux du traitement réservé au grand méchant loup par ses employés. La soirée n'en finissait pas. Faisant contre mauvaise fortune bon cœur, il se rappela les conseils de son assistante et se décida à aller de groupe en groupe, échangeant avec chacun quelques phrases convenues non sans remarquer que Tess se tenait soigneusement hors de son champ de vision.

Le tirage reprit et, après quelques minutes, la voix de Niles se fit soudain éclatante.

— Et maintenant, place à notre dernier exploit qui est, de loin, le plus attendu. C'est le moment pour M. Stearne, qui vient par ailleurs de se montrer si généreux, de tenir son engagement. Je sais que bien des dames dans cette assemblée ont acheté des tickets en espérant secrètement que la chance allait leur sourire !

Gabriel lança à Tess un regard plein d'inquiétude mais elle se contenta de hausser les épaules.

— Pouvez-vous me rejoindre sur l'estrade, monsieur ? reprit Niles.

Gabriel s'exécuta sans trop d'enthousiasme.

— A ce que je lis sur ce papier, M. Stearne s'est engagé à embrasser la dame dont le nom sortira de ce chapeau, s'exclama Niles en feignant la surprise.

Un concert de bravos et de sifflets accueillit cette nouvelle et Gabriel arbora un sourire contraint. C'était le moment de montrer qu'il avait de l'humour. Tout en cherchant le visage de Tess dans l'assistance, il s'écria avec un entrain forcé :

— Ça marche, les filles ! Vous êtes prêtes ?

Niles enfonça la main dans le chapeau.

— Vous préférerez sans doute annoncer vous-même le résultat, dit-il en tendant le ticket à Gabriel.

— Numéro 97, déclama celui-ci avant de déchiffrer le nom inscrit en petits caractères dans un coin du billet. Tess Gordon…

Tandis que les applaudissements se déchaînaient, Tess regarda, incrédule, le talon du ticket qui lui restait en main sans oser lever les yeux vers Gabriel. Bien évidemment, il n'était pas plus qu'elle au courant de l' « exploit » qu'on se proposait de lui faire accomplir. « Inscrivez-moi pour ce que vous voulez », avait lancé Gabriel au machiavélique Niles, sans imaginer à quoi il s'engageait. Maintenant, il était trop tard pour revenir en arrière et si elle refusait de se plier à cette exigence, ils se ridiculiseraient tous les deux.

Elle se laissa donc entraîner vers l'estrade où l'attendait Gabriel.

— J'ignorais que j'avais encore une promesse à tenir, murmura-t-il.

Un lourd silence régnait maintenant dans la salle. Conscient que tous les regards étaient tournés vers eux, Gabriel prit les mains de Tess et l'attira à lui avant de l'embrasser légèrement au coin des lèvres. Une voix aiguë s'éleva au milieu des sifflets :

— Chiqué ! On veut un vrai baiser.

Gabriel plongea alors ses yeux dans ceux de Tess et crut y lire un imperceptible acquiescement qui lui donna la force de la serrer dans ses bras. Il la sentait trembler comme une feuille. Il baissa la tête, leurs lèvres se joignirent et brusquement, ce fut comme si le brouhaha s'était tu, comme si la foule s'était évanouie, et ils s'abandonnèrent à la volupté de ce baiser qu'ils avaient si souvent désiré et qu'ils s'étaient si longtemps refusé, aussi.

Tess sentit son corps se détendre et un long frémissement la parcourut, lui faisant perdre tout sens de la réalité. Elle goûtait sans retenue la chaleur des lèvres de Gabriel, le parfum de son souffle, le refuge que lui offraient ses bras puissants. Et quand enfin ils se séparèrent, elle mit quelques instants à recouvrer ses esprits, malgré le tapage des spectateurs et les lumières éblouissantes.

— Eh bien, Tess, une pareille étreinte ne manquera pas de faire plus d'une envieuse, commenta Niles.

Cette remarque fit monter le rouge aux joues de la jeune femme. Tout le monde avait pu remarquer avec quel enthousiasme elle avait répondu à la fougue de son partenaire. En cet instant, même si un sentiment de honte la gagnait, lui donnant l'envie de disparaître, un sentiment plus fort l'habitait — le désir que Gabriel l'attire de nouveau contre lui et la garde pour toujours avec lui. En dépit de sa torpeur, elle trouva enfin le courage de descendre de l'estrade sous un tonnerre d'applaudissements puis rejoignit ses collègues. Tout le monde semblait n'avoir vu dans ce long baiser qu'une blague de plus et elle se prêta au jeu, plaisantant alors que son corps tremblait encore d'anxiété et de plaisir.

— Tout était combiné, monsieur, avoua Niles à Gabriel qui exigeait des explications. Depuis que Tess et vous avez passé le week-end ensemble, ça n'arrête pas de jaser, vous comprenez ?

Le regard de Gabriel le mit brusquement mal à l'aise.

— Vous n'allez pas vous formaliser, on a seulement voulu rire un peu...

Gabriel jeta un coup d'œil à Tess. Elle était debout, un peu plus loin, au milieu d'un cercle de rieurs qui la complimentaient bruyamment. Il se rappela son corps tiède et souple comme une liane, la chaleur et la douceur de ses lèvres.

— Non, répondit-il, je ne vous en veux pas.

Le lendemain matin, Tess était au bureau à la première heure, les cheveux tirés et vêtue de son tailleur le plus strict. Elle n'avait pas fermé l'œil de la nuit, obsédée par le souvenir du corps de Gabriel, bien décidée pourtant à faire comme si tout cela n'avait été qu'un jeu un peu poussé au cours d'une soirée arrosée.

Son patron avait une réunion matinale à l'extérieur et elle en éprouva à la fois du soulagement et une certaine déception. Se sentant trop nerveuse pour se concentrer, elle s'absorba dans quelques rangements. Elle se trouvait donc devant ses classeurs, tournant le dos à la porte, lorsque la voix de Gabriel retentit derrière elle. Elle sursauta si violemment qu'elle laissa échapper la pile de dossiers qu'elle s'apprêtait à archiver.

— Désolé, murmura-t-il d'une voix compassée, je ne voulais pas vous faire peur.

— Ce n'est rien, j'attendais justement votre retour.

Elle rassembla ses papiers tandis que Gabriel se baissait pour l'aider en évitant soigneusement de la frôler. Mais il ne put s'empêcher de chercher les yeux de Tess qui se détournèrent trop vite.

Il avait lui aussi passé une mauvaise nuit et s'était trouvé incapable, durant sa réunion, de réfléchir efficacement. Sur le trajet du retour, il avait évité de peu un accrochage avec une autre voiture tant il appréhendait de se retrouver face à Tess.

Et voilà qu'elle se tenait maintenant à côté de lui, plongée dans ses classements, les cheveux relevés en un impeccable chignon qui dégageait sa nuque gracieuse où il brûlait d'envie de poser ses lèvres.

Comment réagirait-elle ? Aurait-elle un sursaut de répulsion ? Ou se retournerait-elle lentement, souriante, en lui tendant sa bouche ?

Effrayé par la précision de ses fantasmes, Gabriel se réfugia dans son repaire en grommelant :

— Quand vous en aurez fini, pourrez-vous passer dans mon bureau ?

Quelques instants plus tard, Tess, armée de son bloc et parfaitement maîtresse d'elle-même, frappait à sa porte.

— Vous désiriez me voir ?

Elle n'avait pas plus tôt prononcé ces paroles qu'elle prit conscience de leur redoutable ambiguïté.

— Oui, répondit Gabriel, levant les yeux de son écran après un court silence.

Il lui dicta deux lettres qu'elle eut la satisfaction de noter d'une main ferme.

Puis il s'absorba dans la lecture d'un document tandis qu'elle attendait dans un silence embarrassant.

— Au sujet de la nuit dernière..., reprit-il enfin.

Elle lui en voulut d'aborder le sujet au moment où elle se sentait justement soulagée qu'il ne l'ait pas évoqué.

— Il ne faut pas en faire une montagne. Ce n'était qu'une plaisanterie, après tout, murmura-t-elle.

— Peut-être pour vous, mais personnellement, je ne l'ai pas prise comme telle.

— Eh bien, je suis sûre que, tout compte fait, cela va se révéler très positif dans votre relation avec le personnel ! Chacun a pu constater que vous avez le sens de l'humour, même quand on vous prend pour cible. Ça améliorera davantage votre image que dix notes de service !

— C'est vrai que ça n'avait pas beaucoup d'importance en soi, n'est-ce pas ?

Elle joua un instant avec son stylo.

— Je crois que c'était juste un peu… embarrassant, répondit-elle. Mais maintenant que c'est fait, autant essayer de tirer le meilleur parti de la situation !

— Mais ils ne vous ont pas épargnée, vous non plus, remarqua Gabriel, exaspéré par le calme de Tess.

Contrairement à lui, Tess n'avait sûrement pas passé la nuit à se retourner dans tous les sens en imaginant que ce baiser, ils ne l'échangeaient pas devant cent personnes mais seuls tous les deux, sans témoins pour siffler ou applaudir…

— Oh, moi, ils ont voulu aussi tester ma réaction, reconnut-elle. Ils m'ont toujours trouvé un peu coincée, c'est pour ça qu'ils m'ont choisie !

Voyant que Gabriel la fixait d'un air peu convaincu, elle ajouta calmement :

— D'ailleurs, ce n'était pas une épreuve si terrible.

Le souvenir du corps souple et chaud de Tess le submergea et il regretta de ne pas pouvoir garder son flegme alors que cela semblait si facile à la jeune femme.

— Allez, n'en faites pas toute une histoire ! reprit-elle. Ce n'était qu'un simple baiser et, en plus, pour une bonne cause… Vous savez que les enchères ont rapporté une jolie somme. A propos, si nous fixions une date pour que je puisse à mon tour tenir mes engagements.

— Quels engagements ?

— Le dîner romantique, bien sûr.

Dépité de voir qu'elle ne partageait pas son trouble, il se dit que c'était le moment de faire comprendre à Tess qu'elle n'était pas la seule à considérer leur baiser comme sans conséquence :

— Je vais demander à Fionnula si elle est libre ce week-end. Que diriez-vous de samedi soir ?

— Samedi, ce sera parfait, acquiesça-t-elle avec son plus doux sourire.

*
* *

— A force de vous agiter autour de moi, vous me déconcentrez et je n'arrive même plus à lire, se plaignit Gabriel en soulevant le feuillet qu'il était en train d'étudier.

Assis sur le vaste canapé de son salon, il prenait connaissance d'un rapport tandis que Tess s'affairait à régler les éclairages tamisés.

— Mais vous n'êtes pas censé le faire, répliqua-t-elle. Un dîner romantique, c'est d'abord une question d'ambiance.

Cette soirée avait coûté cher à Gabriel et elle mettrait son point d'honneur à ce que tout soit réussi, se dit-elle en disposant harmonieusement les fleurs et les bougies qu'elle voulait allumer quand elle partirait, juste avant l'arrivée de Fionnula.

— Il ne manque plus que la musique, ajouta-t-elle en jetant autour d'elle un regard satisfait.

— Mais je n'ai pas le moindre disque !

Gabriel n'avait pas cessé de l'observer tandis qu'elle circulait à travers la pièce, gracieuse malgré le tablier qu'elle avait passé sur sa longue jupe et son pull sport. Elle n'avait pas opéré de grandes transformations dans l'appartement. Pourtant elle avait réussi à en modifier subtilement l'atmosphère pour la rendre plus chaleureuse et accueillante. A moins que ça ne fût sa seule présence qui changeât tout ?

— J'ai apporté des CD, répondit-elle. Venez dans la cuisine : je vais vous montrer comment vous y prendre pour servir le repas.

Il l'y rejoignit de mauvaise grâce.

— Voilà l'entrée, précisa-t-elle en désignant une terrine d'asperges fraîches aux crevettes, et là, c'est le dessert.

Elle ouvrit le frigo pour lui montrer deux coupes de mousse au fruit de la passion.

— Il y a aussi du champagne au frais. Quant au poulet, reprit-elle en soulevant le couvercle d'une cocotte, il faudra seulement le réchauffer au moment voulu.

— Mais vous serez là pour le faire ?

— Moi ? Quelle idée ! Cela m'étonnerait beaucoup que Fionnula apprécie ma présence. Je dois absolument être partie quand elle arrivera. A quelle heure l'attendez-vous ?

— 20 heures, répondit-il, conscient que sa voix manquait d'enthousiasme.

Tess s'aperçut qu'il était déjà 19 h 20.

— Cela me donne juste le temps de préparer la salade aux truffes.

Gabriel se sentit impressionné par le mal qu'elle s'était donné pour arriver à un résultat aussi parfait et se demanda comment il avait pu se fourrer dans une situation aussi inextricable.

— Puis-je vous aider ? demanda-t-il platement.

— Non, mais je vous suggère de vous changer avant l'arrivée de Fionnula.

Décidément, Tess tenait à favoriser sa relation avec la belle rousse, songeait Gabriel avec contrariété tout en prenant sa douche. Fionnula... Une femme superbe, sans inhibitions et trop ambitieuse pour accorder la moindre place aux sentiments ! La perfection même...

Alors pourquoi n'arrivait-il pas à oublier Tess vêtue de son tablier et de son gros pull ?

— La cravate fait-elle partie de votre kit romantique ? lui demanda-t-il quand il revint dans la cuisine, en brandissant cet objet avec une expression douloureuse de résignation. Ou puis-je garder mon col ouvert ?

Une cuillère de bois à la main, Tess se tourna vers lui. Les cheveux encore humides de la douche, il portait une chemise d'un jaune très pâle qui mettait en valeur son regard clair et sa peau mate. Malgré son air sarcastique, elle lui trouva un charme dévastateur et son cœur, qu'elle avait jusque-là parfaitement maîtrisé, se mit à battre la chamade.

— Je vous trouve très bien comme ça, balbutia-t-elle.

— Tess…, commença-t-il sans pouvoir poursuivre.

— Oui ?

Gabriel ne sut que répondre. La vérité peut-être : « Je ne peux pas m'empêcher de penser à vous, tout le temps… Tess, laissez-moi dénouer ce tablier et faire glisser ce pull sur vos épaules… Laissez-moi vous embrasser encore. »

Mais, dans une minute, Fionnula serait là.

Il y eut un long silence que vint interrompre la sonnerie du téléphone mobile de Gabriel. Il passa dans le salon pour répondre. Tess n'entendit pas ce qu'il disait, cependant la conversation lui sembla particulièrement rapide et peu chaleureuse. Lorsqu'il revint dans la cuisine, il avait l'air exaspéré.

— C'était Fionnula, dit-il, elle ne viendra pas !

— Mais pourquoi ? s'exclama Tess.

— Un imprévu.

A la dernière minute, Fionnula, à ce qu'elle prétendait, avait été invitée sur un plateau de télévision. Gabriel devait comprendre qu'il n'était pas question de laisser passer une chance d'apparaître en public. La conversation téléphonique avait alors pris un tour plus problématique :

— C'est vraiment trop triste, mon chou, mais je n'y peux rien !

— Pourtant je t'avais dit qu'aujourd'hui, c'était différent : Tess s'est déplacée spécialement pour nous préparer à dîner.

— Tess ? avait répété Fionnula d'une voix de banquise.

— Mais oui, c'est mon assistante, vous vous êtes déjà rencontrées !

— Celle que tu n'as pas cessé de reluquer l'autre soir au restaurant ?

— Oui… enfin, non…

— C'est une sacrée assistante, surtout si elle cuisine aussi bien qu'elle fait tout le reste. Rien d'étonnant à ce que tu sois si accroché. Je ne vois que le mariage pour te tirer de là ! Et en plus, tu récupéreras un salaire. C'est tout bénéfice !

— Ne sois pas stupide, Fionnula. Viens. Tu as tout le travail que tu veux en ce moment sans être obligée de courir lécher les bottes d'un minable présentateur qui t'appelle à la dernière minute ! Dis-leur non, pour une fois. Sinon Tess aura préparé toute cette soirée pour rien.

— Ecoute, si tu as si peur de faire de la peine à ta précieuse Tess, je te conseille de l'inviter à déguster avec toi ce délicieux repas ! avait-elle perfidement lancé avant de raccrocher.

Outré, Gabriel fournit à Tess une version très condensée de cet échange téléphonique :

— Elle n'a pas pu refuser. Je suis désolé.

Tess jeta un coup d'œil en direction des plats qui attendaient.

— Ce serait dommage de gâcher tout cela. Vous ne pouvez inviter personne d'autre ?

Gabriel leva les yeux vers elle et remarqua qu'elle avait gardé son tablier et semblait épuisée. Une trace de farine collait à sa joue. « Rien d'étonnant à ce que tu sois si accroché », avait prétendu Fionnula. Quelle bêtise !

— Eh bien, répondit-il, je pourrais vous inviter, vous.

— Moi ?

— Vous avez autre chose de prévu, ce soir ?

— Non.

— Alors, restez avec moi et partageons ce repas.

Elle hésita :

— Je ne sais pas…

— Si je restais seul à manger et à boire du champagne à la lueur des bougies, ce ne serait pas ce que j'appelle un dîner romantique !

— Sans doute pas, reconnut-elle, mais…

— C'était pourtant bien ce qui était inscrit sur le billet, remarqua-t-il perfidement.

Tess se sentit faiblir.

— L'ennui, c'est que j'avais commandé un taxi pour 20 heures.

— Rappelez pour annuler.

Elle jeta un coup d'œil à son vieux pull, à sa jupe fatiguée et à ses chaussures confortables comme s'ils pouvaient lui être de quelque secours.

— Regardez ! Ma tenue n'a rien de romantique.

— Moi, je vous trouve parfaite, protesta-t-il. Il vous suffit d'enlever ça.

Il s'approcha d'elle, et la fit délicatement pivoter pour dénouer les cordons de son tablier.

— Cessez de tergiverser et allez vous rafraîchir un peu pendant que je décommande le taxi.

Tess capitula et se dirigea vers la salle de bains. Ses mains tremblaient d'un mélange d'anxiété et de désir. Après s'être légèrement remaquillée, elle ôta son large pull, révélant un petit haut près du corps, et brossa vigoureusement ses cheveux. Lorsqu'elle ressortit, elle avait repris un peu d'assurance, pourtant lorsqu'elle se retrouva face à Gabriel, une bouffée de timidité l'envahit. Il sortait de la cuisine, la bouteille de champagne dans une main et deux flûtes dans l'autre.

— Eh bien, si vous êtes prête, dit-il après l'avoir contemplée un moment, passons aux choses sérieuses ! Il manque quelque chose ?

Pour toute réponse, elle se mit à allumer les bougies jusqu'à ce que la pièce baigne dans une chaude pénombre dorée. Elle recula pour juger de l'effet produit et sourit, satisfaite. Au fond, pourquoi ne pas se laisser aller au plaisir du moment ? N'était-ce pas un simple jeu ?

Elle s'installa confortablement sur le divan et Gabriel lui tendit bientôt une flûte pleine avant de s'asseoir à son côté. Il leva son verre.

— A qui allons-nous boire ?

Tess observa les bulles qui pétillaient dans sa flûte tout en se gardant de frôler le bras trop proche de Gabriel.

— Pourquoi pas à ceux et à celles qui tiennent leurs promesses ? suggéra-t-elle étourdiment.

Il y eut un silence et le souvenir du baiser qu'ils avaient échangé lors de la fête sembla emplir toute la pièce, si réel que Tess se sentit défaillir. Elle avait été folle de rester et regrettait de ne pas s'être enfuie, laissant Gabriel déguster seul son repas.

— Je ferais mieux d'aller voir où en est le poulet, balbutia-t-elle en filant vers la cuisine.

Tandis qu'elle remuait la sauce d'une main tremblante, elle s'en voulut de faire preuve d'une telle faiblesse, elle qui se sentait quelques minutes auparavant si maîtresse de la situation. Pourquoi un simple regard la mettait-il dans cet état ? Comment pouvait-elle se laisser aller à imaginer qu'elle caressait le visage de cet homme, qu'elle sentait sous ses doigts la chaleur de sa peau, qu'elle le rejoignait sur le sofa et posait sa tête contre son épaule ?

Il fallait absolument qu'elle se reprenne et que cette soirée se termine comme elle avait commencé, d'une façon totalement impersonnelle. Dès la fin du repas, elle appellerait un taxi pour rentrer le plus vite possible.

Rassérénée par ses sages résolutions, elle quitta la cuisine et gratifia Gabriel d'un sourire contraint en se rasseyant à son côté, avant de lui demander quelques précisions sur un dossier en cours.

Malheureusement, même les sujets les plus anodins semblaient semés d'embûches. Qu'ils parlent de SpaceWorks, de Harry, de leurs frères respectifs, de politique, à peine avaient-ils échangé quelques phrases qu'ils se taisaient, gênés de proférer des banalités dans cette ambiance particulière.

Lorsqu'ils passèrent à table, Tess toucha à peine au repas qu'elle avait préparé avec tant de soin. Plus elle se répétait que c'était Fionnula qui aurait dû se trouver là, à sa place, plus elle remarquait comme l'éclairage des bougies mettait en valeur les traits de Gabriel, ses mains, la courbe virile de sa mâchoire, sa bouche.

Elle désirait qu'il l'attire contre lui.

Qu'il plonge ses doigts dans ses cheveux.

Qu'il pose ses lèvres sur les siennes…

Elle repoussa la coupe de mousse au fruit de la passion à laquelle elle avait à peine touché et se leva brusquement.

— Je vais commander un taxi, lança-t-elle d'une voix tremblotante.

Après qu'elle eut réservé une voiture par téléphone, Tess revint vers Gabriel, qui lui dit :

— Mais les dîners romantiques ne se terminent pas si tôt, en général.

Très lentement, le regard de Tess monta à la rencontre du sien et elle sut qu'elle était perdue.

— C'est vrai, murmura-t-elle, ils ne se terminent jamais si tôt.

10.

— Ce ne serait peut-être pas une mauvaise idée de nous installer plus confortablement. Du moins jusqu'à ce que votre taxi se manifeste, suggéra Gabriel en se dirigeant vers le canapé.

C'était loin d'être l'avis de Tess. Elle alla malgré tout s'asseoir au bord du divan, les yeux obstinément fixés sur les bougies qu'elle avait allumées un peu plus tôt sur la table basse. Tout plutôt que soutenir le regard de Gabriel.

— Il nous faut de la musique, murmura-t-il en se levant pour choisir un des CD qu'elle avait apportés.

Il sélectionna une compilation de vieux airs dont le premier lui sembla immédiatement familier, puis, après avoir légèrement augmenté le volume, fit quelques pas en direction de Tess, toujours figée dans son attitude guindée.

— Allez, venez danser ! Il n'y a pas de soirée romantique sans un petit slow !

— Désolée, je suis une piètre cavalière.

— Je refuse de vous croire, protesta-t-il en la prenant par la main pour la tirer hors du canapé. Vous êtes douée pour tout !

« Douée pour tout ? » songea Tess.

En tout cas, pas pour garder ses distances, ni pour lui résister, ni pour se rappeler toutes les bonnes raisons qu'elle avait de ne pas l'aimer.

— D'ailleurs, vous n'avez pas besoin de savoir danser, murmura-t-il en l'entraînant au rythme de la musique. Seulement de vous laisser un peu aller.

Il l'attira tout contre lui.

« Je suis folle », se dit-elle.

Après ça, inutile d'espérer revenir à des relations normales d'assistante avec son patron ! Comment pourrait-elle encore noter ses lettres, prendre ses rendez-vous ? C'était trop tard, maintenant. De toute façon, cette soirée n'avait été qu'une suite d'erreurs irrémédiables.

Pourtant, elle avait l'impression de flotter au cœur d'une bulle enchantée. L'avenir n'existait plus, seul comptait le présent, les bras qui l'enlaçaient et la main qui la tenait captive. Elle ne pouvait pas plus échapper à l'emprise du corps de Gabriel qu'à son regard fascinant.

Il sentit qu'elle abandonnait toute résistance et la serra de plus près encore, s'enivrant du parfum de ses cheveux.

— Voilà qui est beaucoup mieux, murmura-t-il d'une voix basse et très profonde. Ne croyez-vous pas que cette scène serait encore plus convaincante si vous m'accordiez un baiser ?

Un frisson la parcourut.

— Mais nous faisons juste semblant, protesta-t-elle.

— Vraiment ? reprit-il en effleurant de ses lèvres les paupières de Tess qui tressaillit de plaisir. A moi, cela me semble tout à fait réel.

— Je crains qu'il ne soit pas très raisonnable que nous nous embrassions.

— Mais c'est si romantique ! C'est exactement ce que vous aviez promis… D'ailleurs pourquoi devrions-nous être raisonnables ?

Il replaça doucement une mèche de cheveux derrière l'oreille de Tess et releva vers lui le menton de la jeune femme pour plonger son regard dans le sien.

— Oui, pourquoi ? reprit-il.

Elle perçut dans ses yeux une flamme singulière. Leurs bouches se joignirent et, en un instant, toute la tension accumulée au cours de la soirée s'évanouit pour laisser place à une fièvre délicieusement excitante. Nouant ses bras autour du cou de Gabriel, elle goûta la suavité de son baiser avant de le lui rendre avec une ferveur presque désespérée. Après une si longue attente, il lui semblait qu'il ne pourrait jamais la tenir d'assez près, la caresser assez longtemps, l'embrasser assez fort…

Sans savoir comment, elle se retrouva sur le divan tandis que Gabriel frôlait de ses lèvres sa gorge frémissante tout en murmurant de folles paroles. Elle se cambra contre lui, enfonçant les doigts dans ses cheveux et lorsqu'elle sentit les mains de Gabriel contre sa poitrine, elle eut un brusque tressaillement de plaisir. Pourtant, la pensée fugitive que tout ceci n'était pas raisonnable lui traversa encore l'esprit avant qu'elle ne perde pied et s'abandonne à l'irrésistible montée de son désir.

Tout à coup, Gabriel perçut une sonnerie persistante qui lui sembla venir d'une autre planète et releva brusquement la tête.

— Ce doit être mon taxi, s'écria Tess en reprenant contact avec la réalité.

— Restez, je vous en prie, murmura-t-il, je vais le renvoyer.

Mais le charme était rompu.

— Je… je préfère partir, assura-t-elle.

— Vous en êtes sûre ?

Un instant, elle hésita. Tout son corps n'aspirait qu'à rester, mais dans sa tête, la voix de la raison parlait haut et fort.

— Il faut que je m'en aille, reprit-elle faiblement.

Gabriel se détacha d'elle au moment où la sonnerie reprenait de plus belle et se dirigea vers l'Interphone.

— Dans cinq minutes, s'il vous plaît, annonça-t-il sèchement avant de revenir vers Tess qui rassemblait ses affaires éparses d'une main tremblante.

Il l'accompagna jusqu'à la porte et se pencha pour l'embrasser :

— J'aurais souhaité que vous restiez.

— C'est impossible, répondit Tess.

— Bonne nuit, petite poltronne, reprit-il tendrement.

— Poltronne, peut-être, mais raisonnable, à coup sûr.

Il effleura sa joue du bout du doigt.

— Vous l'étiez moins il y a seulement dix minutes !

— Je sais, répliqua-t-elle en frémissant à son contact. Je me suis un peu laissé prendre par l'atmosphère romantique. Mais oublions tout ça, voulez-vous ?

— Vous le désirez vraiment ?

— Oui, murmura-t-elle tandis que tout son être protestait silencieusement. Lundi, c'est votre assistante qui arrivera au bureau et nous ferons comme si cette soirée n'avait pas eu lieu.

Il la regarda longuement.

— D'accord.

Il savait qu'elle avait besoin de son travail à SpaceWorks et se sentait incapable de se passer d'elle. Plutôt la laisser partir que prendre la responsabilité d'une relation impossible ! A contrecœur, il ouvrit la porte.

— Si c'est ce que vous voulez, nous ferons comme si de rien n'était. Mais si ce soir, vous changez d'avis, promettez-moi de revenir. Je vous attendrai.

Une fois assise à l'arrière du taxi, Tess s'effondra. Elle avait agi comme elle le devait, elle en était convaincue, mais pourquoi le souvenir des caresses et des baisers de Gabriel lui semblait-il tellement plus réel que le tic-tac du compteur, le chauffeur maussade et les lumières étincelantes de la ville ?

Gabriel l'avait traitée de poltronne, et il avait raison. Elle avait peur de se mettre à l'aimer, peur de renouer avec les souffrances qu'elle avait endurées quand Oliver l'avait déçue. Mais Gabriel, lui, ne lui promettait rien d'autre qu'une nuit d'amour, son corps contre le sien, et elle était trop timorée pour accepter…

— J'ai changé d'avis, dit-elle brusquement au chauffeur. Pourriez-vous faire demi-tour, s'il vous plaît ?

De retour devant chez Gabriel, elle était en train de payer avant de descendre du taxi lorsqu'elle remarqua une silhouette qui s'approchait de la porte d'entrée de l'immeuble et s'arrêtait pour presser un des boutons.

La lampe de l'Interphone éclaira une chevelure d'un roux flamboyant.

C'était Fionnula.

Tess se demanda si cette dernière était là de sa propre initiative pour tenter de se réconcilier avec Gabriel après leur prise de bec téléphonique ou s'il avait rappelé la sirène rousse pour éviter de finir la soirée en solitaire. La porte s'ouvrit et Fionnula s'engouffra dans le hall.

Au fond, maintenant, Tess était sûre d'avoir fait le bon choix en refusant de rester. Une nuit avec Gabriel ne pouvait la satisfaire. Il lui fallait affronter la vérité de ses propres sentiments : elle devait enfin s'avouer que c'était précisément avec cet homme qui refusait tout attachement, tout engagement, qu'elle aurait voulu passer sa vie entière.

— Alors, vous la prenez, votre monnaie ? bougonna le chauffeur.

— Excusez-moi, répondit-elle, je me suis trompée. En définitive, je vais rentrer chez moi.

— Bonjour, Tess.

— Bonjour.

A la dérobée, Gabriel jeta à son assistante un regard plein d'amertume. Elle le fixait sans ciller, en pleine possession de ses moyens, comme si la soirée du samedi n'avait jamais eu lieu.

Si seulement il était capable d'en faire autant !

Après son départ, il avait soufflé les bougies, éteint la musique et rangé la cuisine avec la volonté d'effacer jusqu'à la moindre trace de sa présence. Il l'avait désirée trop fort. Ils étaient allés trop loin. Ils avaient pris des risques et quand elle était partie, il en avait presque éprouvé un certain soulagement.

Pourtant, lorsque la sonnette avait retenti, il avait bondi vers l'Interphone, fou de joie qu'elle soit de retour.

— Montez, je vous rejoins devant l'ascenseur, s'était-il écrié en s'élançant hors de chez lui.

Puis les portes de la cabine s'étaient ouvertes devant lui, révélant la flamboyante chevelure de Fionnula.

Pendant les minutes qui avaient suivi, il n'avait eu qu'une seule pensée : Tess n'était pas revenue.

Le dimanche avait été morose. Il l'avait essentiellement passé à surveiller le téléphone et s'était retrouvé plus d'une fois en train de composer le numéro de Tess, sans jamais toutefois aller jusqu'au bout, redoutant plus que tout de s'humilier devant elle, exaspéré de ne pouvoir maîtriser des sentiments qu'il n'avait jamais éprouvés jusque-là.

Il préférait encore avoir l'air de prendre la fuite. D'ailleurs, il n'avait que trop négligé, ces derniers temps, ses affaires à New York où il avait à régler des problèmes délicats. Peut-être que se replonger dans le travail l'empêcherait de rêvasser comme il le faisait.

— Réservez-moi un siège pour le vol de New York cet après-midi, annonça-t-il à Tess en guettant sur son visage un signe de déception.

Elle lui demanda seulement si elle devait prendre également un billet de retour.

— Pas pour le moment.

— Et vos prochains rendez-vous ?

— Annulez-les.

Elle le fixa par-dessus ses lunettes.

— Pensez-vous être absent plus d'une semaine ?

— C'est possible. Pourquoi ?

Elle hésita.

— Je dois vous avertir que je compte vous remettre ma démission aujourd'hui même. Je vous dois un mois de préavis, mais peut-être désirerez-vous me trouver un remplaçant avant votre départ.

Il eut l'impression de recevoir un coup à l'estomac.

— Vous me quittez ? C'est à cause de ce qui s'est passé samedi ?

Bien qu'il se fût juré que cette question ne franchirait pas ses lèvres, il avait été incapable de la retenir.

— Non, répondit-elle en baissant les yeux. Nous étions tombés d'accord sur le fait que c'était sans conséquence.

— Alors, pourquoi ?

— On me propose un emploi de directeur administratif dans une autre entreprise. C'est une opportunité que je ne peux me permettre de laisser passer.

Les mâchoires de Gabriel se crispèrent.

— Je suppose que vous voulez que je vous rédige un certificat avant de partir ?

— Ce n'est pas la peine. Steve me connaît bien.

Gabriel devint très pâle.

— Steve, Steve Robinson ? C'est avec lui que vous allez travailler ?

— Exactement.

— Je vois, lança-t-il en s'étranglant presque de rage. Eh bien, je suppose que je dois vous féliciter.

— Merci.

— Si vous le voulez bien, passez au bureau des ressources humaines pour leur dire de me trouver quelqu'un de compétent au plus vite.

Les yeux brillants des larmes qu'elle avait ravalées à grand-peine, Tess le regarda disparaître dans son bureau en claquant la porte. C'était donc tout ce qu'elle représentait pour Gabriel, une secrétaire compétente qu'on pouvait remplacer à tout moment, exactement comme Fionnula l'avait elle-même relayée samedi soir sur le divan ?

Elle était ravie de le quitter, comme elle l'avait décidé la veille avant d'appeler Steve. Pourtant, elle savait qu'elle aimait Gabriel et que rien ne pouvait y faire pour le moment. Enfin, au moins, ce nouveau travail lui permettait de le quitter la tête haute.

Et ça, c'était déjà quelque chose.

*
* *

Six semaines plus tard, par un morne vendredi soir battu de pluies et de vent, reflet météorologique de sa propre humeur, Tess, après avoir livré un combat perdu d'avance contre son parapluie, se résigna à remonter son col, à courber le dos et à rentrer chez elle, déprimée et trempée comme une soupe.

Pourtant, depuis deux semaines, elle occupait les fonctions de directeur administratif dans un bureau agréable, au sein d'une entreprise en pleine expansion où elle appréciait la convivialité de ses collègues et l'intérêt de son travail.

Elle avait cru qu'en vertu du grand principe « loin des yeux, loin du cœur » ce changement lui permettrait d'oublier facilement Gabriel. Hélas, moins elle le voyait et plus elle pensait à lui.

Les derniers jours qu'elle avait passés à SpaceWorks avaient été un vrai supplice. Gabriel était resté trois semaines aux Etats-Unis, ne revenant que le temps de rencontrer sa nouvelle assistante avant de repartir pour Francfort. Il n'avait pas assisté à son pot de départ, se contentant de lui envoyer un bouquet de fleurs et un e-mail impersonnel pour lui souhaiter de réussir dans son nouvel emploi.

Tess se répétait qu'elle avait pris la bonne décision, sans toutefois pouvoir faire taire la souffrance qui lui broyait le cœur, quand elle se rappelait les heures qu'ils avaient passées ensemble — c'est-à-dire à chaque instant où une tâche accaparante ne sollicitait pas son esprit. La nuit, dans son lit, elle se torturait à rêver à ce qui se serait produit si elle avait accepté d'aller au bout de leur soirée romantique : leur réveil dans les bras l'un de l'autre, leur long dimanche de paresse et d'amour, leur retour ensemble à SpaceWorks le lundi matin.

Mais après ? Après, elle avait du mal à s'imaginer recommençant à taper ses lettres, à organiser ses rendez-vous et à réserver sa table chez Epicure. Comparée à une femme comme Fionnula, tellement plus séduisante et qui ne demandait rien que ce qu'il était prêt à lui accorder, que pouvait-elle représenter pour lui, sinon un caprice ?

La tête rentrée dans les épaules, elle atteignit le coin de sa rue sous les trombes de pluie qui l'aveuglaient. Elle avait déjà poussé la grille de son jardin lorsqu'elle aperçut un homme debout sur le perron.

Gabriel était là qui l'attendait.

Elle se figea, le souffle coupé.

C'était bien lui, adossé à la porte, ruisselant, les cheveux plaqués sur le visage. Elle le regarda avidement, incrédule, comme si son désir sans espoir avait pu faire naître ce mirage.

— Tess, balbutia-t-il d'une voix rauque. Je vous attendais.

— Sous la pluie ?

— Il fallait que je vous voie !

Elle le fixa sans l'entendre, émerveillée par sa seule présence, tout entière à cet instant qu'elle avait tant de fois rêvé.

Elle eut du mal à trouver ses clés.

— Vous feriez mieux d'entrer, dit-elle en déverrouillant la porte d'une main tremblante.

Dans le couloir, sous la lumière un peu crue du plafonnier, elle lui trouva l'air épuisé et les traits tirés.

— Donnez-moi votre manteau... Mais il est à tordre ! s'exclama-t-elle.

— Cela fait deux heures que je vous attends sous la pluie. Je croyais que vous rentreriez plus tôt.

— J'ai travaillé tard.

— Un vendredi soir ?

Elle ne lui expliqua pas qu'elle rentrait toujours le plus tard possible, ces derniers temps, pour éviter de se retrouver seule avec elle-même, et se contenta d'ouvrir la porte donnant sur le salon.

— Entrez et asseyez-vous.

Gabriel s'installa dans un fauteuil, la tête penchée en avant, essuyant de ses paumes la pluie qui baignait son visage.

Elle aurait voulu le faire à sa place, pour le toucher, pour sentir la fraîcheur de sa peau, pour se convaincre qu'il était bien là. Fébrilement, elle fit le tour de la pièce, allumant les lampes, tirant les rideaux, avant de s'agenouiller devant la cheminée.

Ce fut lui qui rompit le silence :

— J'ai vu Harry hier.

— Comment va-t-il ? demanda Tess qui n'avait pas eu de ses nouvelles récemment.

— Très bien. J'avais amené Greg pour qu'il fasse connaissance avec son fils.

Elle eut une courte hésitation.

— Comment cela s'est-il passé ?

— Le mieux possible, à mon avis. Je crois que l'opération de Ray a aidé Greg à mûrir. Il a même proposé à Leanne de l'épouser ! Enfin, elle a fait preuve de discernement et lui a dit qu'il valait mieux qu'ils restent bons amis. Elle sait qu'il n'est pas fait pour le mariage. Cependant, elle a accepté une aide financière qui lui évitera d'avoir de nouveau à quitter Harry.

— Ça me semble raisonnable. C'est Greg qui paye ? demanda Tess.

— C'est ce qu'elle croit.

Tess se dit qu'on pouvait tout reprocher à Gabriel sauf de manquer de générosité.

Il y eut un silence que rompait seulement par intermittence le crépitement des flammes.

— C'est pour cela que vous vouliez me voir ? demanda enfin Tess.

Gabriel passa nerveusement la main dans ses cheveux.

— Non... Enfin... J'ai pensé que ça vous intéresserait de savoir ce que devenait Harry... Mais bon, non... Je voulais vous voir, voilà tout, admit-il brusquement. Le fait est que vous me manquez.

— Mais cela fait seulement deux semaines que votre nouvelle assistante est là. Il lui faut le temps de se mettre au courant, répondit-elle, la gorge serrée.

— Attendez, vous ne comprenez pas, vous ne voulez pas comprendre ! C'est vous, Tess, qui me manquez.

Toujours agenouillée devant le feu, Tess sentit son cœur battre à se rompre. Elle ne pouvait ni bouger ni parler, seulement plonger ses yeux dans ceux de Gabriel tandis qu'un fol espoir la gagnait...

Il osa glisser un regard vers elle mais elle continuait à le regarder sans mot dire. Il poursuivit, persuadé qu'elle allait éclater de rire et lui dire qu'elle était parfaitement heureuse de travailler avec Steve Robinson :

— Je sais que vous vous trouvez très bien toute seule, tout comme je l'étais moi-même auparavant mais... peut-être qu'on pourrait tenter notre chance, tous les deux '? Je sais que cela doit vous paraître fou venant de moi, mais je vous demande seulement de me donner la possibilité de me faire pardonner tout ce que je vous ai fait endurer, ajouta-t-il d'une voix tremblante.

Il desserra sa cravate et reprit son souffle avant de continuer.

— Enfin, tout ce que j'essaie de vous dire, c'est que je voudrais vous inviter à dîner.

Cela lui semblait si peu de chose comparé à ce qu'il venait de lui avouer qu'elle faillit éclater de rire.

— A dîner ? Maintenant ? Mais où ?

— Où vous voudrez.

— A vrai dire, je n'ai pas tellement faim.

— On n'a pas besoin de manger, balbutia Gabriel, désespéré. On peut aller dans un bar ou au cinéma. On peut faire tout ce que vous voudrez.

— Je n'ai pas envie de sortir, répliqua-t-elle en le regardant baisser piteusement la tête.

— C'est bon. J'ai compris, dit-il en s'arrachant à son fauteuil. Merci de m'avoir écouté. Vous ne me retrouverez plus sur votre route.

Il paraissait si abattu que Tess eut honte de l'avoir taquiné.

— Ne partez pas, chuchota-t-elle en s'approchant de lui.

Il la contempla, stupéfait tandis qu'elle nouait ses bras autour de son cou.

— Je n'ai pas envie de sortir avec vous. J'ai envie de rester avec vous.

— Tess…, murmura-t-il, incrédule tandis qu'elle l'embrassait. Tess… Qu'est-ce que vous dites ?

Il l'étreignit tout en cherchant ses lèvres.

— Je vous aime, reprit-elle. A moi aussi, vous m'avez manqué !

Soudain, Gabriel eut peur de rêver. Plongeant les doigts dans les cheveux encore humides de Tess, il la força doucement à relever la tête pour noyer ses yeux dans les siens.

— Redites-le, s'il vous plaît.

— Je vous aime.

— Mais vous ne pouvez pas m'aimer ! Je suis un sale grincheux, égoïste et mal élevé…

Elle lui sourit amoureusement.

— C'est vrai, mais je n'y peux rien. Je me suis mise à vous aimer dès l'instant où je vous ai vu sourire à Harry.

— Moi, je crois que j'ai craqué dès que nous nous sommes réveillés ensemble.

— C'était un moment tellement magique ! dit Tess en se pelotonnant contre lui. Même si je ne savais pas ce qui se passait, je n'avais pas envie que ça s'arrête !

— La prochaine fois, murmura Gabriel, on ne s'arrêtera pas.

— C'est promis ?

— C'est promis, chuchota-t-il d'une voix troublée par le désir.

Et sans attendre, il l'enlaça passionnément, refermant ses bras autour d'elle comme s'il voulait la posséder tout entière tandis qu'il la couvrait de baisers. Lorsqu'elle reprit ses esprits, le souffle court, elle nicha sa tête contre son épaule, pensant aux longues nuits qu'elle avait passées à lutter contre les larmes.

— Pourquoi ne m'as-tu rien dit ? balbutia-t-elle.

— J'ignorais moi-même que je t'aimais, jusqu'à notre dîner romantique. Ce soir-là, notre baiser m'a bouleversé... Pourtant, quand je t'ai revue au bureau le lundi suivant, tu étais si froide que j'ai pensé que tu regrettais ce qui s'était passé.

— J'avais seulement peur que tu devines que j'étais folle amoureuse de toi.

Gabriel écarta une mèche de son visage pour l'embrasser de nouveau.

— Pourquoi n'es-tu pas restée, cette nuit-là ?

— D'abord, j'ai eu peur, c'est vrai, mais aussitôt que je me suis retrouvée dans le taxi, j'ai eu envie de revenir.

— Pourquoi ne pas l'avoir fait, alors ?

— Je l'ai fait.

Surpris, Gabriel releva la tête.

— J'ai vu Fionnula qui entrait chez toi, reprit-elle.

— Mais je lui avais ouvert en croyant que c'était toi qui sonnais ! Dès que je l'ai vue, j'ai compris que je ne pouvais plus me contenter de ce genre de relation. J'avais besoin que tu m'aimes de la même façon que moi je t'aimais.

— Je crois que c'est le cas, murmura Tess en le fixant droit dans les yeux avant de l'embrasser tendrement.

— Quand je pense au temps que nous avons perdu !

— Nous avons toute la vie pour le rattraper.

— Est-ce une promesse ? demanda-t-il en souriant.

— Bien sûr.

— Mais combien de temps la tiendras-tu ?

Un sourire vint illuminer le visage de Tess tandis qu'elle lui murmurait :

— Une promesse est faite pour durer toujours, mon amour.

Chapitre 1

Matthew se redressa d'un bond dans son lit, en sueur. Pendant une demi-seconde, entre sommeil et éveil, il avait réellement cru que son cauchemar s'était infiltré jusqu'à sa conscience.

La sonnerie du téléphone retentit une nouvelle fois…

… et toutes les terreurs de la nuit resurgirent des recoins obscurs de son esprit.

Il repoussa les couvertures, cherchant à tâtons le combiné du téléphone tout en s'éclaircissant la voix.

— Allô ?

Au bout du fil, il entendit une voix très faible :

— Matt ?

Ses doigts se resserrèrent autour du combiné. Cette voix… Il l'aurait reconnue entre mille.

— Mattie… J'ai mal.

— Carol ? murmura-t-il d'un ton rauque. C'est toi ?

— Oui… Je m'appelle Carol O'Fadden maintenant. Enfin, je m'appelais…

Il y eut un bruit, comme si elle avait lâché l'appareil.

— Carol, qu'est-ce qui se passe ? Où es-tu ?

L'adrénaline acheva de chasser de son esprit les dernières brumes du sommeil.

— Carol ! Réponds-moi !

Un nouveau bruit, puis la voix reprit :

— Je déteste tellement le sang, Matt ! Plus que quiconque… Tu le sais, toi.

La voix se brisa, puis reprit, plus tremblante encore :

— Et il y en a partout.

Matthew eut envie de crier, mais il savait que cela produirait sur sa sœur l'effet inverse à celui qu'il souhaitait obtenir. S'efforçant au calme, il demanda d'un ton posé :

— Carol, peux-tu m'expliquer ce qui est arrivé ?

Le silence qui suivit l'effraya plus encore que ne l'aurait fait une réponse. Après une pause interminable, elle parla enfin avec, dans la voix, un accent terriblement définitif.

— Il est mort. Enfin, je crois. Il y a du sang partout…

Elle renifla.

— Mais il n'y a pas que le sien, bien sûr… Il doit y avoir le mien aussi.

Sa voix s'éteignit.

— Ton sang ?

A cette évocation, sa maîtrise faillit l'abandonner.

— Carol, dis-moi où tu es. Je vais prévenir les secours.

— Non !

Elle avait crié avec énergie, mais, aussitôt après, sa voix parut plus fragile encore, comme si elle venait d'user ses dernières forces.

— Non, Mattie… Viens, toi. Tu es le seul en qui j'aie confiance. Le seul qui me comprenne.

— Bien sûr, chérie, dit-il d'un ton apaisant. Je comprends. Où es-tu ?

Une note d'hystérie perça dans les paroles de sa sœur.

— Dans… ma chambre, bien sûr. Où… où diable crois-tu qu'on soit quand on émerge d'un cauchemar atroce ?

Un vacarme soudain lui déchira le tympan ; il éloigna vivement le récepteur. Elle avait dû lâcher le téléphone une nouvelle fois.

Il rapprocha le combiné de son oreille, s'efforçant de comprendre le sens de ses paroles indistinctes.

— Où diable se trouve-t-on quand tout bascule dans l'horreur et le chaos, au milieu de la nuit ? Où donc crois-tu… que la mort… vient frapper… les gens quand ils dorment ?

Elle ponctua sa phrase d'un rire étrange, qui s'acheva en un long cri plaintif.

— Carol ? Carol !

Le gémissement céda brutalement la place à la tonalité monocorde de la ligne téléphonique.

Les gyrophares balayaient le quartier résidentiel, trouant l'obscurité de leur clignotement régulier, butant contre les façades des maisons. Si les voisins suivaient les opérations, ils le faisaient dans l'anonymat, embusqués derrière les rideaux. A l'exception des policiers appelés sur les lieux pour s'occuper de l'affaire, Matthew ne voyait pas âme qui vive alentour.

L'affaire… C'était un mot bien neutre pour désigner un désastre aussi effroyable.

Lorsqu'il arriva en face du policier qui montait la garde devant la maison, il porta machinalement la main à la poche poitrine de son blouson pour en tirer sa carte de presse. Puis il se souvint qu'il était là à titre privé et non en tant que journaliste.

— Je suis le frère de Mme O'Fadden, indiqua-t-il.

L'homme en uniforme hocha la tête et lui fit signe d'entrer.

Matthew n'eut aucun mal à trouver sa sœur. Contournant les divers groupes d'experts légistes en pleine action, il avança en suivant les traces que la mort avait laissées sur son passage.

En passant devant la chambre principale, il frissonna, essayant d'ignorer l'éclaboussure de sang qui maculait le papier peint pastel de la pièce.

« Dans la chambre », avait dit Carol.

Juste après la porte, le couloir était bloqué par une équipe de médecins et d'infirmiers qui s'activaient fébrilement autour de Carol en aboyant des ordres brefs. A l'intérieur de la chambre, le rythme était beaucoup moins frénétique ; le médecin légiste et ses assistants, penchés sur un corps, prenaient des mesures, glanaient des indices, presque sans hâte.

Matthew se détourna de ce spectacle macabre et s'approcha de Carol en essayant de ne pas gêner le travail de l'équipe médicale.

En dépit de ses blessures, sa sœur était telle qu'il se la rappelait. Il se souvenait, comme si c'était hier, de la dernière fois où leurs chemins s'étaient croisés. Elle lui avait alors jeté au visage tout ce qui lui tombait sous la main, sous l'emprise d'une de ses spectaculaires crises de colère auxquelles s'ajoutaient toujours ses peurs irrationnelles.

Mais, aujourd'hui, elle reposait sur le sol, immobile, inconsciente des efforts surhumains qu'on déployait pour la sauver. Et c'était Matthew qui se retrouvait, cette fois, confronté à ses peurs, irrationnelles ou pas.

Elle était sa famille. Sa seule famille.

Il *fallait* qu'elle vive…

Chère lectrice,

Vous nous êtes fidèle depuis longtemps?
Vous venez de faire notre connaissance?

C'est pour votre plaisir que nous avons imaginé un rendez-vous chaque mois avec vos auteurs préférés, vos AUTEURS VEDETTE *dans les collections* Azur *et* Horizon.

Les AUTEURS VEDETTE *vous donneront rendez-vous pour de nouveaux livres vedette.*

Pour les reconnaître, cherchez l'étoile... Elle vous guidera!

Éditions Harlequin

AUT-R-R

LE FORUM DES LECTEURS ET LECTRICES

CHERS(ES) LECTEURS ET LECTRICES,

VOUS NOUS ETES FIDÈLES DEPUIS LONGTEMPS?

VOUS VENEZ DE FAIRE NOTRE CONNAISSANCE?

SI VOUS AVEZ DES COMMENTAIRES, DES CRITIQUES À FORMULER, DES SUGGESTIONS À OFFRIR, N'HÉSITEZ PAS… ÉCRIVEZ-NOUS À:

LES ENTERPRISES HARLEQUIN LTÉE.
498 RUE ODILE
FABREVILLE, LAVAL, QUÉBEC.
H7R 5X1

C'EST AVEC VOS PRÉCIEUX COMMENTAIRES QUE NOUS ALLONS POUVOIR MIEUX VOUS SERVIR.

DE PLUS, SI VOUS DÉSIREZ RECEVOIR UNE OU PLUSIEURS DE VOS SÉRIES HARLEQUIN PRÉFÉRÉE(S) À VOTRE DOMICILE, NE TARDEZ PAS À CONTACTER LE SERVICE D'ABONNEMENT; EN APPELANT AU (514) 875-4444 (RÉGION DE MONTRÉAL) OU 1-800-667-4444 (EXTÉRIEUR DE MONTRÉAL) OU TÉLÉCOPIEUR (514) 523-4444 OU COURRIER ELECTRONIQUE: AQCOURRIER@ABONNEMENT.QC.CA OU EN ÉCRIVANT À:

ABONNEMENT QUÉBEC
525 RUE LOUIS-PASTEUR
BOUCHERVILLE, QUÉBEC
J4B 8E7

MERCI, À L'AVANCE, DE VOTRE COOPÉRATION.

BONNE LECTURE.

HARLEQUIN.

VOTRE PASSEPORT POUR LE MONDE DE L'AMOUR.

ROUGE PASSION
De fiévreuses histoires d'amour sensuelles!
De provocantes histoires d'amour passionnées et romantiques qu'on lit d'une seule traite. Aventureuses, parfois humoristiques, et sensuelles, elles mettent en vedette des hommes et des femmes d'aujourd'hui.
ROUGE PASSION... quatre nouveaux titres chaque mois.
GEN-RP

Composé et édité
PAR LES ÉDITIONS HARLEQUIN
Achevé d'imprimer en novembre 2002

BUSSIÈRE
GROUPE CPI

à Saint-Amand-Montrond (Cher)
Dépôt légal : décembre 2002
N° d'imprimeur : 25688 — N° d'éditeur · 9641

Imprimé en France